Ivan Tourguéniev

Clara Militch

(Après la mort)

Traduit du russe
par Françoise Flamant

Gallimard

Cette nouvelle est extraite de
Romans et nouvelles complets, III d'Ivan Tourguéniev
(Bibliothèque de la Pléiade).

Deuxième fils de Serge et Barbe Tourguéniev, Ivan naît à Orel, au sud de Moscou, en 1818. Son père est officier de la Garde et sa mère appartient à une famille riche. Lorsqu'il prend sa retraite, la famille Tourguéniev fait un long voyage en Europe avant de s'installer, en 1827, à Moscou. Le jeune Ivan découvre la poésie allemande et Byron ; il commence à écrire des vers. Étudiant en philologie, il suit des cours à l'université de Moscou, puis Saint-Pétersbourg. Diplômé en 1836, il part à Berlin, s'intéresse à la philosophie de Hegel et se lie avec Bakounine. De retour en Russie, il vit un amour platonique avec Tatiana, la sœur de Bakounine, mais a une liaison avec une jeune couturière qui lui donne une fille, Pélagie. Peu à peu, il renonce à la poésie pour la prose et le réalisme et démissionne en 1845 de son poste au ministère de l'Intérieur pour se consacrer à l'écriture. Il commence à publier des nouvelles dans *Le Contemporain*, une revue littéraire progressiste, dont il devient un collaborateur régulier. Après sa rupture avec Tatiana Bakounine, il s'éprend de Pauline Viardot, la cantatrice française et la suit en Europe. À la mort de sa mère, il revient à Moscou et confie Pélagie à Pauline Viardot qui accepte de veiller sur son éducation. Il écrit une nécrologie de Gogol qui est jugée subversive par la censure. Tourguéniev est exilé sur ses terres de Spasskoïé où il écrit un premier roman qu'il n'achèvera pas. De retour à Moscou, il lance dans les milieux littéraires un jeune débutant talentueux, Léon Tolstoï, dont il tombe amoureux de la sœur, Marie Tolstoï. Délaissé par Pauline Viardot, il sombre dans la dépression et erre entre Paris et Rome où il parvient à se ressaisir pour achever son second roman en 1858, *Nid de gentilhomme*. Le roman est un succès et Tourguéniev publie *À la veille*, *Premier amour* et *Père et fils*. Il s'installe à Baden-Baden où Pauline Viardot prend sa retraite en 1862 et découvre qu'il est au bord de la ruine. Il suit Pauline à Londres où il rencontre George Eliot, Dante Gabriel Rossetti et Robert Browning. Il vend sa maison de Baden-Baden et s'installe à Paris, rue de Douai, dans le même immeuble que les Viardot dont il partage la vie de famille. Atteint de la goutte, il fait de fréquentes cures en Allemagne. Devenu ami de Flaubert, il fait la connaissance d'Edmond de Goncourt, Zola, George Sand, Henry James, et fait traduire en russe les œuvres de Flaubert et Maupassant. Son roman *Terres vierges* paraît en 1874 et connaît un grand succès dans toute l'Europe, sauf en Russie. Il prépare l'édition de ses *Œuvres complètes* en 10 volumes et écrit des nouvelles. Gravement malade, il meurt la même année après une longue agonie à Bougival, entouré de sa fille, ses petits-enfants et des Viardot. Le gouvernement russe interdit toute cérémonie officielle lors de ses funérailles à Saint-Pétersbourg.

Peintre de la vie et de la société russe, Ivan Tourguéniev s'est imposé comme l'un des maîtres du roman russe aux côtés de ses contemporains, Dostoïevski et Tolstoï.

I

Au printemps de l'année 1878 vivait à Moscou, dans une petite maison en bois de la rue Chabolovka, un jeune homme d'environ vingt-cinq ans nommé Jacques Aratov. Il demeurait avec sa tante, Platonide Ivanovna, une vieille fille de cinquante ans bien sonnés, qui était la sœur de son père. C'était elle qui tenait son ménage et ses comptes, ce dont il aurait été absolument incapable. Il n'avait pas d'autres parents. Quelques années auparavant, son père, un hobereau sans fortune de la province de T***, était venu s'installer à Moscou en compagnie de son fils et de Platonide Ivanovna qu'il appelait d'ailleurs couramment « Platocha », tout comme le faisait son neveu. Si le vieil Aratov avait quitté la campagne où leur vie à tous s'était écoulée jusque-là et s'il s'était fixé à Moscou, c'était afin de mettre son fils à l'Université : il l'avait préparé lui-même à l'examen d'entrée ; il acheta pour presque rien une petite maison dans une rue périphérique et s'y installa avec tout son attirail de livres et de « préparations » : il avait des uns et des autres en quantité, n'étant pas un ignare, loin de là... Ses voisins le traitaient d'« original plus naturaliste que nature ». Il passait même pour être magicien ; on l'avait surnommé « l'insectologiste ». Il s'adonnait à la chimie, à la minéralogie, à l'entomologie, à la botanique et à la médecine ; il soignait les patients qui se portaient volontaires avec des herbes et des poudres de métaux de son invention, d'après la méthode de Paracelse[1]. Ce fut avec ces poudres qu'il conduisit à la tombe sa jeune et jolie épouse, créature malheureusement un peu frêle qu'il avait passionnément aimée et dont il avait eu un fils unique. Avec ces mêmes poudres il ébranla aussi notablement la santé de son fils, une santé qu'il visait au contraire à consolider, car il avait décelé dans son orga-

1. Alchimiste et magicien (1493-1541), il fut aussi novateur en médecine, ayant ouvert la voie à la doctrine des spécifiques et à la thérapeutique chimique.

nisme une anémie et une propension à la phti-
sie héritées de sa mère. Le titre de « magicien »
lui avait été décerné, au demeurant, parce
qu'il se considérait comme l'arrière-petit-fils
(par la main gauche bien entendu) du célèbre
Brüss[1] en l'honneur duquel, justement, il avait
prénommé son fils Jacques. Le père Aratov
était, selon l'expression consacrée, « un excel-
lent homme », mais d'humeur mélancolique,
lent, timide, naturellement porté vers tout ce
qui était mystérieux, mystique... Il disait souvent « Ah ! » d'une voix à peine audible :
c'était son exclamation familière ; il l'avait encore sur les lèvres, lorsqu'il mourut, deux ans
après son installation à Moscou.

Jacques, le fils, ne ressemblait pas physique-
ment à son père qui était laid, mal fait et ba-
lourd ; il tenait plutôt de sa mère, dont il avait
hérité les jolis traits fins, les cheveux soyeux et
cendrés, le petit nez aquilin, les lèvres renflées
comme celles d'un enfant et de grands yeux
gris-vert langoureux, ombrés de cils épais. En
revanche par le caractère il ressemblait à son

1. Jacques Wilimovitch Brüss (1670-1755) fut un compagnon fidèle de Pierre le Grand depuis sa prime jeunesse.
Il passait dans le peuple pour astrologue et magicien.

père ; et son visage, différent du visage pater-
nel, était marqué par l'expression paternelle ;
il avait aussi les mains noueuses et la poitrine
creuse du vieil Aratov qu'il ne convient guère,
au fait, de qualifier de « vieux », puisqu'il mourut avant d'avoir atteint la cinquantaine. Il
vivait encore, quand son fils fut admis à l'Université, en faculté de physique et de mathéma-
tiques ; mais Jacques n'acheva pas son cursus :
non qu'il fût paresseux, mais, dans son idée,
on n'en apprenait pas plus à l'Université que
ce qu'on pouvait assimiler chez soi ; or il ne visait pas les diplômes, ne comptant pas entrer
dans la fonction publique. Il évitait ses cama-
rades, ne fréquentait presque personne, fuyait
particulièrement les femmes et vivait très seul,
plongé dans les livres. Oui, il fuyait les femmes, bien qu'il eût le cœur fort tendre et qu'il
aimât passionnément la beauté... Il avait même
fait l'acquisition d'un luxueux « keepsake[1] »
anglais et admirait (honte à lui !) les portraits
des Gulnare, des Médora et autres beautés

1. Un keepsake est une sorte de livre-album généralement illustré de fines gravures, que l'on offrait en cadeau
à l'époque romantique. Médora et Gulnare sont les héroï-
nes de deux poèmes de Byron.

exquises qui en « adornaient » les pages... Mais sa pudeur native freinait tous ses élans. Dans la maison il occupait l'ancien cabinet de son père qui lui servait aussi de chambre à coucher, et son lit était celui-là même où son père s'était éteint.

Le grand support de toute son existence, le compagnon et l'ami de sa jeunesse était sa tante, cette Platocha avec laquelle il échangeait moins de dix paroles par jour, mais sans laquelle il n'aurait pu faire un pas. C'était une créature à la figure longue, aux longues dents, aux yeux pâles, au teint pâle, dont l'expression invariable était une vague tristesse mêlée de frayeur inquiète. Éternellement vêtue d'une robe grise et d'un châle gris qui sentait le camphre, elle rôdait à pas silencieux dans la maison telle une ombre ; elle soupirait, murmurait des prières, une surtout, sa préférée, qui tenait en trois mots : « Seigneur, assiste-nous ! » — et dirigeait la maison avec beaucoup d'efficacité ; elle économisait le moindre kopeck et achetait tout elle-même. Elle adorait son neveu, se dévorait perpétuellement de souci pour sa santé, avait peur de tout (non pour elle mais pour lui), et, bien souvent, au moindre soupçon qui avait pu l'effleurer, elle venait le voir et posait sur sa table de travail une tasse d'infusion ; ou bien elle lui flattait le dos de ses mains qu'elle avait douces comme de l'ouate. Jacques n'était pas excédé par ces prévenances — il ne buvait tout de même pas les infusions — et les accueillait simplement d'un hochement de tête approbateur. D'ailleurs il n'était pas gâté lui non plus du côté de la santé. C'était un garçon très impressionnable, nerveux, prompt à s'inquiéter, il souffrait de palpitations et parfois de crises d'asthme ; comme son père il croyait qu'il existait dans la nature et dans l'âme humaine des mystères que l'on peut quelquefois entrevoir mais qu'il est impossible d'appréhender ; il croyait en l'existence de forces et d'effluves parfois favorables mais le plus souvent hostiles... et croyait aussi en la science, en la grandeur et en la souveraineté de la science. Il s'était découvert depuis peu une passion pour la photographie. L'odeur des produits chimiques utilisés pour les développements inquiétait beaucoup la vieille tante — non pour elle-même, répétons-le, mais pour Iacha, avec sa poitrine fragile ; pourtant, si doux que fût son tempérament, Iacha n'en était pas moins

14

obstiné, et il persista dans la photographie à laquelle il avait pris goût. Platocha dut s'incliner et redoubla seulement de soupirs et de « Seigneur, assiste-nous » chuchotés, chaque fois qu'elle regardait les doigts tachés d'iode de son neveu.

Jacques, nous l'avons dit, fuyait la compagnie ; il avait pourtant un camarade avec lequel il était assez lié et qu'il voyait souvent, même après que ce garçon, ayant terminé l'Université, eut pris un poste qui était d'ailleurs une vraie sinécure : il s'était, comme il disait, « décroché un strapontin » dans la construction de la basilique du Saint-Sauveur, sans avoir bien entendu la moindre notion d'architecture. Chose curieuse : cet unique camarade d'Aratov, qui s'appelait Kupfer (il était allemand : un Allemand à ce point russisé qu'il ne comprenait pas un mot de sa langue originelle et se servait même du mot « Allemand » comme d'une injure), ce camarade n'avait apparemment rien de commun avec lui. C'était un grand gaillard aux cheveux noirs et aux joues rouges, bon vivant, hâbleur et fort amateur de cette compagnie féminine qu'évitait si obstinément Aratov. Il faut dire que Kupfer profitait très souvent de sa table, à déjeuner comme à dîner ; et même, n'étant guère fortuné, il lui empruntait parfois de petites sommes ; mais ce n'était pas pour cela que cet Allemand sans façon fréquentait assidûment la modeste maisonnette de la rue Chabolovka. C'était l'ingénuité, l'« idéalisme » de Jacques qui l'avaient séduit, peut-être par leur contraste avec ce qu'il voyait et croisait à chaque pas ; à moins que cette attirance vers un jeune « idéaliste » fût une résurgence de sa nature demeurée malgré tout germanique. Quant à Jacques, il aimait la franchise bon enfant de Kupfer ; et puis les récits qu'il lui faisait sur les théâtres, les concerts, les bals dont il était un habitué, et plus généralement sur cet univers étranger où Jacques ne se décidait pas à entrer, ces histoires distrayaient et même troublaient notre jeune ermite, sans pour autant l'inciter à connaître tout cela par sa propre expérience. Platocha elle aussi recevait Kupfer de bonne grâce ; certes elle le trouvait parfois un peu trop désinvolte, mais, sentant et comprenant d'instinct qu'il était sincèrement attaché à son précieux Iacha, elle supportait ce bruyant visiteur et même lui montrait beaucoup de bienveillance.

II

À l'époque où se situe notre propos « perchait » à Moscou certaine princesse, géorgienne et veuve, à la personnalité équivoque pour ne pas dire suspecte. Elle avait alors une quarantaine d'années ; dans la fleur de la jeunesse elle avait dû posséder ce type de beauté orientale qui se fane si précocement ; maintenant elle mettait du blanc, du rouge et se teignait les cheveux en jaune. Des bruits divers couraient sur son compte, des bruits qui n'étaient pas exactement flatteurs ni parfaitement explicites ; personne n'avait jamais connu son mari, et elle n'avait jamais habité longtemps dans une même ville. Elle ne possédait ni enfants ni fortune ; mais elle menait grand train, que ce fût à crédit ou par d'autres moyens ; elle avait « son salon », comme on dit, et recevait une société assez mêlée, principalement constituée de jeunes gens. Tout dans sa maison, à commencer par sa propre toilette, son mobilier, sa table, et jusqu'à son équipage et à ses domestiques portait la marque indéfinissable de la mauvaise qualité, du succédané, du provisoire... mais l'hôtesse tout comme ses invités étaient apparemment contents et ne demandaient rien de plus. La princesse passait pour s'y connaître en matière de musique, de littérature, et pour protéger les artistes et les peintres ; et c'était vrai qu'elle montrait de l'intérêt pour toutes ces « questions » : un intérêt passionné, même, et qui n'était pas entièrement feint. Elle possédait incontestablement la fibre esthétique. Ajoutons qu'elle était d'un abord facile, aimable sans vanité ni affectation, et, ce que beaucoup ne soupçonnaient pas, qu'elle était foncièrement très bonne, compatissante et indulgente... Qualités rares, et d'autant plus précieuses, particulièrement chez les personnes de cette espèce ! Un bel esprit avait dit d'elle : « Cette femme-là n'a rien dans la tête, mais elle ira sûrement en paradis ! Vous savez pourquoi ? Elle pardonne tout, et tout lui sera pardonné ! » On disait aussi que lorsqu'elle disparaissait de quelque ville elle y laissait toujours autant de créanciers que de bénéficiaires de ses largesses. Un cœur tendre est un cœur malléable... en tout sens.

Kupfer, comme on pouvait s'y attendre, se retrouva chez elle un beau jour et devint l'un de ses familiers... plus qu'un familier, prétendaient même les mauvaises langues. Lui, en tout cas, ne parlait d'elle qu'avec amitié, bien plus, avec respect ; il disait : « C'est une femme en or ! » (comprenne qui pourra) et croyait fermement en son amour pour l'art et en sa pénétration dans ce domaine ! Ainsi donc, un jour, après avoir dîné chez les Aratov et après avoir longuement parlé de la princesse et de ses soirées, il entreprit Aratov sur ses habitudes d'anachorète, l'exhortant à les enfreindre ne fût-ce qu'une fois et à l'autoriser, lui, Kupfer, à le présenter à son amie. Jacques refusa tout d'abord de l'écouter.

« Mais qu'est-ce que tu te figures ? Qu'est-ce que tu crois que ça veut dire, "présentation" ? finit par s'écrier Kupfer. Je viens te prendre, tout simplement, tiens, comme tu es, là, maintenant, en redingote, et je t'emmène à sa soirée. Pas question d'étiquette là-bas, mon vieux ! Toi qui es un savant, toi qui aimes la littérature, qui aimes la musique (il y avait en effet dans le cabinet d'Aratov un piano droit sur lequel il frappait de temps à autre des accords de septième diminuée) — eh bien ! sa maison regorge de toutes ces bonnes choses !... Et tu y rencontreras des gens sympathiques, pas prétentieux pour un sou ! Et puis enfin quand même, à ton âge, avec ton physique (Aratov baissa les yeux et fit un geste de dénégation), si, si, avec ton physique tu ne peux pas fuir la société, fuir le monde comme ça ! Voyons : je ne t'emmène pas chez des généraux ! Je n'en connais pas, d'ailleurs, moi, des généraux ! Allons, ne t'obstine pas, mon petit ! C'est très bien, la moralité, c'est très louable... Mais tout de même pas au point de tomber dans l'ascétisme ! Tu n'as pas l'intention de te faire moine, non ? »

Aratov continuait pourtant à s'obstiner ; mais Platonide Ivanovna vint inopinément au secours de Kupfer. Sans comprendre exactement ce que voulait dire le mot « ascétisme », elle trouva pourtant elle aussi que cela ne ferait pas de mal à Iacha de se distraire, de voir des gens et de se montrer. « D'autant plus que j'ai toute confiance en Théodore Fiodorytch ! ajouta-t-elle. Il ne t'emmènerait pas dans un mauvais lieu !… — Je vous le ramènerai pur et sans tache ! » s'écria Kupfer sur lequel, malgré sa confiance, Platonide Ivanovna jetait des regards inquiets. Aratov rougit jusqu'aux oreilles, mais cessa de s'opposer à ce projet.

Pour finir, Kupfer l'emmena le lendemain à la soirée de la princesse. Mais Aratov n'y resta pas longtemps. Tout d'abord, il trouva chez elle une vingtaine d'invités, hommes et femmes, sympathiques peut-être, mais enfin inconnus de lui ; et cela l'intimida beaucoup ; pourtant il n'eut presque pas à faire la conversation, et c'était cela qu'il avait le plus redouté. Deuxièmement l'hôtesse elle-même ne lui plut pas malgré la gentillesse et la simplicité de son accueil. Tout en elle lui déplut : son visage fardé, ses boucles crêpées, sa voix à la fois rauque et doucereuse, son rire suraigu, sa façon de rouler les yeux, son décolleté audacieux, et ces doigts boudinés et luisants surchargés de bagues !… Il se fit tout petit dans un coin, tantôt laissant courir son regard sur tous les visages des invités sans réussir, chose curieuse, à les distinguer les uns des autres, tantôt fixant obstinément ses pieds. Mais quand finalement un artiste de passage au visage émacié et aux cheveux extrêmement longs, qui portait un monocle coincé sous le sourcil, vint se mettre au piano et, frappant de très haut les touches avec ses mains et la pédale avec son pied, se mit à massacrer une des fantaisies de Liszt sur des thèmes de Wagner, Aratov n'y tint plus et fila à l'anglaise ; il emportait au fond de lui une impression trouble et pénible à travers laquelle, toutefois, tentait de se faire jour un vague pressentiment qui, pour être inexplicable, ne laissa pas de l'intriguer et même de l'inquiéter.

III

Kupfer vint dîner le lendemain ; mais il ne s'étendit pas sur la soirée de la veille et ne gronda même pas Aratov pour sa disparition hâtive ; il se borna à regretter qu'il n'eût pas attendu le souper où l'on avait servi du champagne ! (Du champagne provenant de Nijni-Novgorod, précisons-le entre parenthèses.) Kupfer avait sans doute compris qu'il s'était mépris en s'avisant de secouer son ami, et qu'Aratov était décidément quelqu'un qui « ne s'accordait pas » avec cette compagnie et ce genre de vie. De son côté, Aratov ne parla non plus ni de la princesse ni de la soirée de la veille. Platonide Ivanovna ne savait si elle devait se réjouir de l'échec de cette première tentative ou le regretter. Elle finit par conclure que la santé de Iacha pouvait pâtir de telles sorties, ce qui la tranquillisa. Kupfer partit aussitôt après le dîner et ne se montra plus, ensuite, de toute une semaine. Non qu'il boudât Aratov à cause du peu de succès de sa présentation : le bon garçon en était incapable ; mais il avait visiblement trouvé une occupation qui absorbait tout son temps, toutes ses pensées, car même par la suite il ne fit que de rares apparitions chez les Aratov, arborant alors une mine distraite, parlant peu et disparaissant rapidement… Aratov continua de vivre comme avant ; mais il avait désormais, si je puis dire, comme une petite épine plantée au-dedans de lui. Il s'efforçait continuellement de retrouver dans sa mémoire quelque chose, mais quoi ? il n'aurait su le dire ; et ce « quelque chose » se rapportait à la soirée passée chez la princesse. Malgré tout il n'avait aucun désir de retourner chez elle, et ce monde, dont il avait vu de ses yeux une partie dans sa maison, lui répugnait plus que jamais. Ainsi passèrent environ six semaines.

Et voici qu'un matin Kupfer reparut devant lui avec, cette fois, une expression un peu gênée.

« Je sais, commença-t-il avec un rire forcé,

je sais que ta visite de l'autre jour n'a pas eu l'heur de te plaire, mais tu accepteras quand même ma proposition, je l'espère… tu ne répondras pas non à la prière que je vais t'adresser !

— De quoi s'agit-il ? demanda Aratov.

— Eh bien ! vois-tu », poursuivit Kupfer en s'animant à mesure qu'il parlait, « nous avons ici une société d'amateurs, d'artistes, qui organise de temps en temps des lectures publiques, des concerts et même des représentations théâtrales de bienfaisance…

— Et la princesse en fait partie ? l'interrompit Aratov.

— La princesse est de toutes les bonnes œuvres, mais la question n'est pas là. Nous avons lancé une matinée littéraire et musicale… et à cette matinée tu auras l'occasion d'entendre une jeune fille… une jeune fille extraordinaire ! Nous ne savons encore pas trop si c'est une Rachel ou une Viardot… parce qu'elle chante, déclame, joue, tout ça à la fois, et merveilleusement… Un talent, mon vieux, de toute première classe ! Je n'exagère pas. Alors… tu ne voudrais pas me prendre un billet ? C'est cinq roubles pour une place au premier rang.

« — Et d'où sort-elle, cette étonnante jeune fille ? » demanda Aratov.

Kupfer eut un large sourire.

« Je suis bien incapable de te le dire… Elle a trouvé refuge dernièrement chez la princesse… La princesse protège tous ces gens-là, comme tu le sais… Mais tu l'as vue, certainement, à la soirée de l'autre jour. »

Aratov tressaillit — intérieurement, faiblement… mais ne dit rien.

« Elle a même joué je ne sais plus où, en province, continua Kupfer, et, pour tout dire, elle est faite pour le théâtre. Mais tu le constateras par toi-même !

— Comment s'appelle-t-elle ? demanda Aratov.

— Clara… »

Aratov l'interrompit encore.

« Clara ? C'est impossible !

— Pourquoi impossible ? Clara… Clara Militch ; ce n'est pas son vrai nom… mais c'est ainsi qu'on l'appelle. Elle chantera une romance de Glinka… et du Tchaïkovski ; après quoi elle lira la lettre d'"Eugène Onéguine". Alors ? Tu prends un billet ?

— Ce sera quel jour ?

— Demain… demain à une heure et demie, dans une salle privée de la rue Ostojenka… Je passerai te prendre. Un billet de cinq roubles ?… Tiens… non, ça c'est un billet à trois roubles. Voilà. Prends aussi ce prospectus. Je suis du comité d'organisation. »

Aratov, perdu dans ses pensées, ne répondit pas. Platonide Ivanovna qui entrait à cet instant s'alarma instantanément à la vue de son visage.

« Iacha, qu'as-tu ? s'écria-t-elle. Pourquoi es-tu bouleversé à ce point ? Théodore Fiodorytch, que lui avez-vous donc dit ? »

Mais Aratov ne laissa pas à son camarade le temps de répondre à la question de sa tante ; s'emparant précipitamment du billet qui lui était tendu, il intima à Platonide Ivanovna l'ordre de remettre immédiatement cinq roubles à Kupfer.

Étonnée, clignant des yeux de surprise, elle n'en tendit pas moins l'argent à Kupfer sans mot dire. Son Iacha avait crié, et de quel ton sévère !

« Je te le dis, c'est la merveille des merveilles ! s'écria Kupfer en se précipitant vers la porte. Attends-moi demain !

— Elle a les yeux noirs ? lui demanda Aratov comme il sortait.

— De vrais charbons ! » lui lança gaiement Kupfer avant de disparaître.

Aratov se retira dans sa chambre et Platonide Ivanovna resta clouée sur place, chuchotant interminablement : « Seigneur, assiste-nous ! Seigneur assiste-nous ! »

IV

La grande salle de cette maison particulière de la rue Ostojenka était déjà à demi pleine de monde, quand Aratov et Kupfer y arrivèrent. Cette salle servait parfois pour des représentations théâtrales, mais ce jour-là on n'y voyait ni décors ni rideau. Les organisateurs de la « matinée » s'étaient contentés d'élever à l'une des extrémités de la salle une estrade sur laquelle ils avaient installé un piano, deux pupitres, quelques chaises, une table avec une carafe d'eau et un verre ; et ils avaient masqué d'un drap rouge la porte qui menait à la pièce réservée aux artistes. La princesse était déjà assise au premier rang, vêtue d'une robe vert vif ; Aratov choisit une place assez éloignée d'elle et pour tout salut échangea avec elle un signe de tête. Le public était, selon l'expression, « de tout poil », et principalement constitué de jeunesse étudiante. Kupfer qui, en qualité de membre du comité, portait un large ruban blanc au revers de son habit, s'agitait dans tous les sens et se démenait comme un fou ; la princesse était visiblement très émue, elle tournait la tête à droite et à gauche, envoyait des sourires de tous côtés, parlait avec ses voisins… il n'y avait que des hommes autour d'elle. Le premier à paraître sur l'estrade fut un flûtiste à la mine poitrinaire qui crachota… oh ! pardon ! sifflota avec infiniment d'application un petit morceau aussi poitrinaire que lui ; deux personnes crièrent « Bravo ! ». Ensuite un gros monsieur à lunettes, l'air fort grave et même morose, lut d'une voix de basse une esquisse de Chtchédrine ; on applaudit l'esquisse ; non le lecteur ; ensuite parut le pianiste qu'Aratov connaissait déjà : il tapa encore comme sur un tambour la même fantaisie de Liszt et il eut droit à un rappel. En saluant il gardait la main posée sur le dossier d'une chaise, et après chaque salut il renvoyait ses cheveux en arrière exactement comme Liszt ! Enfin, après un intervalle de temps assez prolongé, le drap rouge qui dissimulait la porte de derrière l'estrade bougea, s'écarta largement, et Clara Militch apparut. La salle retentit d'applaudissements. Elle avança d'un pas hésitant jusqu'au-devant de l'estrade, s'arrêta et se tint immobile, ses grandes et belles mains non gantées croisées devant elle, sans faire de révérence, sans incliner la tête et sans sourire.

C'était une jeune fille d'environ dix-neuf ans, grande, un peu large d'épaules mais bien faite. Elle avait le teint bistre, un type juif ou tsigane, des yeux assez petits, noirs sous des sourcils épais qui se rejoignaient presque, un nez droit légèrement retroussé, des lèvres minces dont la courbure était belle, mais accusée, une énorme tresse dont au simple regard on devinait la lourdeur, un front bas, immobile, comme de pierre, des oreilles minuscules… l'ensemble du visage était méditatif, presque sévère, tout en lui dénotait une nature peut-être limitée sous le rapport de la bonté et de l'intelligence, mais incontestablement douée.

Elle garda un certain temps les yeux baissés, tressaillit soudain et promena sur les rangées de spectateurs son regard fixe mais distrait, comme tourné vers l'intérieur… « Quels yeux tragiques elle a ! », fit observer une espèce de

31

fat à la tête grisonnante placé derrière Aratov et qui avait la figure d'une cocotte de Revel (c'était un argousin, un mouchard, bien connu à Moscou). Le fat était stupide, ce qu'il voulait dire était stupide… et il avait dit vrai ! Aratov qui, depuis l'apparition de Clara, ne la quittait pas des yeux, se souvint alors seulement de l'avoir vue, en effet, chez la princesse ; et non seulement de l'avoir vue, mais même d'avoir remarqué qu'elle le regardait plusieurs fois avec une insistance particulière de ses grands yeux sombres et fixes. Et en ce moment même… ou n'était-ce qu'une impression ? Il crut observer qu'après l'avoir repéré au premier rang elle se réjouissait, rougissait et le regardait, cette fois encore, fixement. Puis, sans tourner le dos, elle recula de quelques pas vers le piano devant lequel était déjà assis son accompagnateur, l'étranger aux cheveux longs. Elle devait interpréter la romance de Glinka : « Dès l'instant où je t'ai vue… » D'emblée elle commença à chanter, sans changer la position de ses mains, sans regarder la partition. Sa voix (un contralto) était forte et moelleuse, elle prononçait les paroles distinctement et avec autorité, chantait uniformément et sans nuances mais avec une grande force d'émotion. « Elle y met du cœur, la fille », dit le fat (encore lui) derrière Aratov, et cette fois encore il avait dit vrai. Les « bis », les « bravo » fusèrent de partout… mais la chanteuse jeta un bref regard sur Aratov qui ne criait ni n'applaudissait (il n'avait pas particulièrement aimé sa façon de chanter), s'inclina légèrement et s'en alla, négligeant le bras galamment offert du pianiste chevelu. On la rappela… Elle reparut au bout d'un certain temps, s'approcha du piano toujours de la même démarche hésitante, glissa deux mots à l'accompagnateur qui dut trouver et placer devant lui une autre partition que celle qui avait été préparée, et entonna la romance de Tchaïkovski « Non, non, celui-là seul qu'a torturé l'attente… » Cette romance, elle la chanta autrement que la première, à mi-voix, comme avec lassitude… et seul l'avant-dernier vers, *Elle comprendra tout ce que j'ai souffert* lui échappa comme un cri éclatant de passion. Le dernier vers, *Et tout ce que je souffre…* fut presque murmuré, et le dernier mot étiré douloureusement. Cette romance produisit moins d'effet sur le public que celle de Glinka ; il y eut pourtant beaucoup d'applaudissements… Kupfer s'y distingua particulièrement : ses mains se rejoignaient en forme de tonnelet chaque fois qu'il les frappait l'une contre l'autre et produisaient ainsi un bruit particulièrement fort. La princesse lui fit passer un grand bouquet touffu à offrir en hommage à la cantatrice, mais celle-ci ne parut pas remarquer la haute taille inclinée de Kupfer, son bras tendu avec le bouquet ; elle tourna le dos et s'en alla, devançant encore le pianiste qui avait bondi plus vite que la première fois pour la raccompagner et qui, planté là, les bras ballants, renvoya ses cheveux en arrière plus vigoureusement, à coup sûr, que Liszt lui-même ne l'a jamais fait !

Pendant toute la durée du chant, Aratov avait observé le visage de Clara. Il lui avait semblé que ses yeux sous leurs paupières mi-closes étaient bel et bien tournés vers lui ; mais ce qui le frappait le plus, c'était l'immobilité de ce visage, du front, des sourcils ; et il fallut le cri passionné de la fin pour qu'il remarquât, entre les lèvres à peine entrouvertes, le chaud éclat d'une rangée de dents blanches et serrées. Kupfer vint vers lui.

« Alors, mon vieux, comment la trouves-tu ? demanda-t-il, le visage tout illuminé de satisfaction.

— La voix est belle, mais elle ne sait pas encore chanter, lui répondit Aratov ; elle n'a pas vraiment la technique. » (Pourquoi dit-il cela, et quelle notion avait-il lui-même de la « technique » ? Dieu seul le sait !)

Kupfer se montra étonné.

« Pas vraiment la technique… répéta-t-il, interloqué. Enfin, ce… Elle a encore le temps d'apprendre. Mais en revanche quelle âme ! D'ailleurs, attends un peu : tu vas l'entendre dans la lettre de Tatiana. »

Il quitta Aratov au pas de course ; ce dernier pensa : « Une âme ! Avec ce visage figé ! » Il trouvait que dans son maintien comme dans ses gestes elle avait quelque chose d'une magnétisée, d'une somnambule. Et en même temps, sans aucun doute… oui ! sans aucun doute elle le regardait.

Cependant la « matinée » suivait son cours. Le gros homme à lunettes revint sur la scène ; malgré son physique imposant il se prenait pour un comique et lut une scène de Gogol sans obtenir cette fois une seule marque d'ap-

probation. Le flûtiste refit une brève apparition, le pianiste tonitrua encore une fois ;
un gamin de douze ans, pommadé et bouclé,
mais les joues marbrées de traces de larmes,
exécuta au violon quelques variations grin-
çantes. Une seule chose put paraître insolite :
dans les temps morts entre les morceaux de
lecture et de musique, des bribes de violon-
celle arrivaient parfois de la pièce réservée
aux artistes ; or cet instrument demeura totalement inemployé. Il s'avéra par la suite que
le violoncelliste amateur qui s'était proposé
pour un numéro avait flanché au moment
d'entrer en scène. Enfin ce fut à nouveau le
tour de Clara Militch.

Elle tenait à la main un mince volume de
Pouchkine ; mais pas une fois elle n'y jeta les
yeux pendant sa déclamation... Elle avait visiblement le trac ; le petit livre tremblait imperceptiblement entre ses doigts. Aratov remarqua
également l'expression désespérée qui *maintenant* était répandue sur tout son visage sévère.
Elle prononça le premier vers : « Je vous écris...
Que dire d'autre ? », avec une extrême simplicité, presque naïvement, tout comme fut naïf,
sincère, impuissant, le geste de ses deux mains

tendues vers le public. Ensuite elle précipita un peu le mouvement ; mais à partir des vers : « Un autre !… Non, il n'est personne au monde à qui j'aurais donné mon cœur ! » elle retrouva ses moyens, s'anima, et lorsqu'elle arriva aux mots : « Tous les jours de ma vie n'ont été que le gage du rendez-vous que le destin nous préparait », sa voix qui, jusque-là, était plutôt sourde sonna triomphalement, hardiment, et ses yeux plongèrent dans ceux d'Aratov avec autant de hardiesse et de franchise. Cette exaltation se maintint dans la suite du texte ; à la fin seulement sa voix redevint basse et refléta, ainsi que son visage, le même désespoir qu'au début. Elle « bâcla » complètement les quatre derniers vers, le volume de Pouchkine lui glissa tout à coup des mains et elle quitta rapidement la scène.

Le public éclata en applaudissements effrénés, en rappels… Un séminariste originaire de Petite-Russie, en particulier, tonitrua si fort « Mylytch ! Mylytch ! » que son voisin l'implora poliment, avec compassion, d'« épargner en lui le futur premier diacre » ! Mais Aratov se leva sans attendre et gagna la sortie. Kupfer le rattrapa… et poussa de hauts cris :

« Ho là ! Mais où t'en vas-tu donc ? Tu veux que je te présente à Clara ?

— Non, merci », se hâta de répondre Aratov ; et ce fut presque en courant qu'il regagna son domicile.

V

Des sensations étranges et confuses l'agi-
taient. En fait, la déclamation de Clara ne
l'avait pas absolument enchanté... sans qu'il
pût s'en donner à lui-même la raison précise.
Elle l'avait troublé, cette déclamation ; il l'avait
trouvée tranchante, dénuée d'harmonie...
On eût dit qu'elle dérangeait quelque chose
en lui, qu'elle lui faisait violence, en quelque
sorte. Et puis ces regards fixes, insistants, presque gênants, à quoi tendaient-ils ? Que signi-
fiaient-ils ?

La modestie d'Aratov lui interdisait de penser, fût-ce un seul instant, qu'il pouvait avoir
plu à cette étrange jeune fille, lui avoir inspiré
un sentiment tel que l'amour ou la passion !...
Et d'ailleurs lui-même ne se représentait pas
du tout ainsi la femme encore inconnue, la

jeune fille à laquelle il ferait don de lui-même, qui elle aussi l'aimerait, deviendrait sa fiancée, sa femme... Il ne rêvait pas très souvent à ces choses, étant vierge d'âme autant que de corps ; mais la pure image qui apparaissait alors dans son imagination était subtilement voilée par une autre image, celle de sa mère morte dont il se souvenait à peine, mais dont il conservait le portrait comme un dépôt sacré. Ce portrait à l'aquarelle était l'œuvre assez maladroite d'une voisine et amie de sa mère ; mais de l'avis général la ressemblance en était frappante. C'était ce tendre profil, ces yeux clairs pleins de bonté, ces cheveux soyeux, ce sourire, cette limpidité que devrait avoir la femme, la jeune fille dont il n'avait même pas encore l'audace d'espérer la venue...

Tandis que cette noiraude au teint bistre, aux cheveux rêches, à la lèvre moustachue, elle était sûrement mauvaise, fantasque... Cette « tsigane » (Aratov ne pouvait imaginer pire mot que celui-là) — que lui était-elle ?

Et pourtant Aratov était impuissant à chasser de sa tête cette tsigane noiraude dont ni le chant, ni la diction, ni même le physique ne lui plaisaient. Il s'en étonnait, s'irritait contre lui-même. Peu de temps auparavant il avait lu le roman de Walter Scott *Les Eaux de Saint-Ronan* (l'œuvre complète de Walter Scott figurait dans la bibliothèque de son père qui estimait hautement dans le romancier anglais l'écrivain sérieux, presque scientifique). L'héroïne de ce roman se nomme Clara Mowbray. Un poète des années quarante, Krassov, a écrit sur elle un poème qui se termine par ces mots :

Infortunée Clara ! Clara la folle !
Infortunée Clara Mowbray !

Aratov connaissait aussi ce poème… Et voici que maintenant ces mots lui revenaient continuellement à la mémoire… « Infortunée Clara ! Clara la folle !… » (C'est pour cela qu'il avait été tellement surpris, quand Kupfer l'avait nommée Clara Militch.) Platocha elle-même remarqua chez Iacha, je ne dirais pas un changement d'humeur — car il ne s'en produisit aucun à proprement parler —, mais un je-ne-sais-quoi qui clochait, dans son regard, dans ses propos. Elle l'interrogea prudemment sur la matinée littéraire à laquelle il avait assisté ; après avoir bien chuchoté, soupiré, observé son neveu par-devant, de côté, par-derrière, elle s'exclama tout à coup en frappant sur ses cuisses :

« Allons, Iacha, je vois ce qu'il en est !

— De quoi parlez-vous ? demanda Aratov.

— Sûrement tu as rencontré à cette matinée une de ces femmes à la robe traînante... (Platonide Ivanovna appelait ainsi toutes les dames qui portaient des toilettes à la mode), une femme au museau graisseux qui fait des manières comme *ci* et des grimaces comme *ça* (Platocha mima tout cela sur sa physionomie), et des ronds grands comme ça avec ses yeux (ce qu'elle mima aussi en traçant de grands cercles en l'air avec son index)... Et comme tu n'as pas d'expérience, tu as cru... mais ça ne veut rien dire, Iacha... ab-so-lu-ment rien ! Avale une infusion avant d'aller au lit... et point final !... Seigneur, assiste-nous ! »

Ayant ainsi parlé, Platocha se retira... De toute sa vie elle n'avait sans doute jamais prononcé un discours aussi long et aussi vibrant... Aratov pensa : « Elle a sûrement raison, ma tante... Tout doit venir de mon manque d'expérience... (En effet c'était bien la première fois qu'il lui arrivait de retenir l'attention d'une personne du sexe féminin… en tout cas il ne l'avait pas remarqué auparavant.) Surtout, pas de laisser-aller. »

Et il se replongea dans ses livres, puis avala un tilleul avant de se coucher, et dormit même fort bien toute cette nuit-là, sans faire de rêves. Le lendemain matin il se remit comme si de rien n'était à la photographie…

Mais le soir un événement vint à nouveau troubler sa tranquillité.

VI

Voici lequel : un commissionnaire lui apporta un billet écrit d'une main féminine ; l'écriture était grosse et irrégulière ; ce billet disait :

Si vous devinez qui vous écrit et si cela ne vous ennuie pas, venez demain après dîner boulevard de Tver, vers cinq heures, et attendez. On ne vous retiendra pas longtemps. Mais c'est très important. Venez.

Il n'y avait pas de signature. Aratov devina aussitôt qui était sa correspondante, et ce fait même le troubla. « Quelle sottise ! fit-il, presque à voix haute, il ne manquait plus que cela. Bien entendu je n'irai pas. » Cependant il fit appeler le commissionnaire dont il apprit que cette lettre lui avait été confiée dans la rue par une femme de chambre. Aratov le renvoya, relut la lettre, la jeta par terre... pour la ramas-

ser quelques instants après et la relire encore ;
il s'écria une seconde fois : « Sottise ! » mais
ne jeta plus la lettre : au contraire il l'enfouit
dans un tiroir. Puis il reprit ses occupations
habituelles, tantôt une, tantôt une autre ; mais
il ne s'intéressait pas à son travail, n'arrivait à
rien. Soudain il se rendit compte qu'il attendait Kupfer ! Voulait-il le questionner, qui sait
même lui confier... Mais Kupfer ne se montra
pas. Puis Aratov alla chercher son Pouchkine,
lut la lettre de Tatiana et se persuada une fois
de plus que la « tsigane » n'avait absolument
pas compris le vrai sens de cette lettre. Et ce
rigolo de Kupfer qui criait : « Rachel ! Viardot ! » Puis il alla vers son piano, en souleva le
couvercle d'un geste plus ou moins machinal,
essaya de retrouver de mémoire la mélodie de
la romance de Tchaïkovski ; mais il claqua le
couvercle aussitôt après avec humeur et alla
trouver sa tante dans sa chambre personnelle ;
c'était une pièce toujours surchauffée où flot-
tait perpétuellement une odeur de menthe,
de sauge et d'autres plantes médicinales ; elle
était remplie d'une telle quantité de nappe-
rons, d'étagères, de petits bancs, de coussins
et autres accessoires moelleux qu'à moins d'y

être habitué on avait peine à s'y retourner et à respirer son atmosphère oppressante. Platonide Ivanovna était assise à sa fenêtre, son tricot entre les mains (elle tricotait une écharpe pour son petit Iacha, la trente-huitième depuis sa naissance !) et manifesta une vive surprise. Aratov entrait rarement dans sa chambre et, s'il avait besoin de quelque chose, l'appelait toujours d'une voix muette depuis son cabinet : « Tante Platocha ! » Pourtant elle le fit asseoir et se tint sur ses gardes dans l'attente de ses premiers mots, le regardant d'un œil à travers ses lunettes rondes et de l'autre par-dessus. Elle ne s'enquit pas de son état de santé et ne lui proposa pas d'infusion, car elle voyait bien qu'il n'était pas venu pour cela. Aratov, embarrassé, hésita d'abord puis se mit à parler… de sa mère, de la manière dont ils vivaient, elle et son père, et dont son père l'avait connue. Toutes ces choses il les connaissait fort bien… mais c'était de cela qu'il avait envie de parler. Pour son malheur, Platonide Ivanovna était incapable de causer ; elle répondit très laconiquement, comme si elle soupçonnait Iacha de n'être pas venu pour cela.

« Et puis après ? » reprit-elle — et elle se mit

à tricoter à un rythme accéléré où perçait une pointe de mauvaise humeur — « Bien sûr que ta mère était une colombe… une colombe, ni plus ni moins… Et ton père l'a aimée comme il convient à un mari, fidèlement et honnête-ment, jusqu'à la tombe ; et il n'a aimé aucune autre femme », ajouta-t-elle en élevant la voix et en ôtant ses lunettes.

« Avait-elle un caractère timide ? demanda Aratov après un temps de silence.

— Bien sûr. Comme il convient au sexe féminin ! Les effrontées, c'est une race qui est apparue depuis peu.

— De votre temps il n'y en avait pas ?

— Que si, tu penses bien ! Mais c'était quoi ? Quelques traînées ici ou là, qui avaient toute honte bue. Crottant leurs jupes dans le ruis-seau et couraillant à gauche et à droite… Elles ne s'en faisaient pas, va ! Le premier imbécile venu, elles lui mettaient le grappin dessus. Mais les hommes sérieux ne les regardaient même pas. Rappelle-toi : est-ce que tu as jamais vu de ces femmes-là dans notre maison ? »

Aratov ne répondit rien et retourna dans son cabinet. Platonide Ivanovna le regarda sor-tir, secoua la tête et remit ses lunettes, reprit son écharpe… mais ses pensées l'absorbaient à tel point qu'elle en laissa plusieurs fois tomber ses aiguilles sur ses genoux.

Quant à Aratov, jusqu'à la nuit tombée il se surprit souvent avec le même dépit et la même rancœur à ressasser l'affaire du billet, de la « tsigane », du rendez-vous donné auquel il ne se rendrait certainement pas ! Même pendant la nuit elle vint le tracasser. Il revoyait constamment ses yeux tantôt presque fermés, tantôt largement ouverts, et leur regard insistant dirigé droit sur lui, et ces traits figés avec leur expression impérieuse…

Le lendemain matin il recommença à attendre Kupfer à chaque instant sans trop savoir pourquoi ; il faillit lui écrire une lettre… et n'en fit rien, d'ailleurs… il passa le plus clair de son temps à marcher de long en large dans son cabinet. Pas une minute il n'admit en lui-même l'idée de se rendre à ce stupide rendez-vous… et, à trois heures et demie, après avoir rapidement avalé son repas, subitement il enfila sa pelisse, enfonça son bonnet sur sa tête, bondit dans la rue à l'insu de sa tante et se dirigea vers le boulevard de Tver.

VII

Il y trouva peu de promeneurs. Le temps était humide et assez froid. Il s'efforçait de ne pas réfléchir à ce qu'il faisait, s'obligeait à prêter attention à tout ce qui lui tombait sous les yeux comme pour se faire croire qu'il était lui aussi sorti faire un tour, comme les promeneurs qu'il voyait là… La lettre de la veille était dans sa poche de côté et il la sentait tout le temps contre lui. Il parcourut deux fois le boulevard, scrutant attentivement toutes les silhouettes féminines qui venaient à lui, et son cœur battait, battait… Se sentant fatigué, il s'assit un moment sur un banc. Et soudain une nouvelle idée lui vint à l'esprit : « Au fait, et si cette lettre n'était pas d'elle, mais de quelqu'un d'autre, d'une autre femme ? » À vrai dire, cela ne devait pas faire pour lui de différence… et pourtant il lui fallut bien s'avouer qu'il ne le souhaitait pas. « Ce serait vraiment trop bête, se dit-il, encore plus bête que *l'autre chose* ! » Une nervosité inquiète commençait à s'emparer de lui ; il se mit à grelotter, non pas extérieurement, mais à l'intérieur. Plusieurs fois il tira sa montre de la poche de son gilet, regarda le cadran, la remit à sa place, et chaque fois il oubliait combien il restait de minutes avant cinq heures. Il se figurait que tous les passants le regardaient d'une façon spéciale, avec un étonnement moqueur et une sorte de curiosité. Un vilain chien errant courut vers lui, lui flaira les pieds et se mit à remuer la queue. Il le chassa d'un geste coléreux. Le plus agaçant était un petit apprenti de fabrique en blouse de futaine qui s'était installé sur un banc de l'autre côté du boulevard et qui, tantôt sifflotant, tantôt se grattant et balançant ses jambes chaussées d'énormes bottes déchirées, le regardait sans désemparer. « Voyez-moi ça, pensait Aratov, son patron l'attend sûrement, et pendant ce temps il baye aux corneilles, ce fainéant… »

Mais à cet instant il lui sembla que quelqu'un venait de s'approcher et se tenait près de lui, derrière son dos… il perçut, venant de là, comme un souffle tiède…

Il se retourna… C'était elle !

Il la reconnut aussitôt, bien qu'un voile épais d'un bleu foncé dissimulât ses traits. D'un bond il fut debout et resta là, incapable de prononcer une parole. Elle se taisait, elle aussi. Il ressentait un grand trouble… mais son trouble à elle n'était pas moindre : même à travers son voile, Aratov était obligé de constater qu'elle était devenue mortellement pâle. Pourtant ce fut elle qui parla la première.

« Merci, dit-elle d'une voix hachée, merci d'être venu. Je ne l'espérais pas… » Elle se détourna légèrement et commença à marcher sur le boulevard. Aratov la suivit.

« Vous m'avez peut-être mal jugée, poursuivit-elle sans tourner la tête. Ma démarche est fort étrange, en effet… Mais j'ai beaucoup entendu parler de vous… et puis non ! Je… ce n'est pas pour cette raison… Si vous saviez… J'avais tant de choses à vous dire, mon Dieu !… Mais comment faire… Comment faire ! »

Aratov marchait à côté d'elle, un peu en retrait. Il ne voyait pas son visage, seulement son chapeau, une partie de son voile… et puis une longue mantille noire déjà bien fatiguée. Tout son dépit contre elle et contre lui-même lui revint d'un coup ; tout le comique, tout l'absurde de ce rendez-vous, de ces explications entre parfaits étrangers, sur un boulevard, en public, lui sautèrent aux yeux.

« Je suis venu sur votre invitation, dit-il à son tour, je suis venu, Mademoiselle (les épaules de la jeune fille tressaillirent imperceptiblement, elle tourna dans une allée latérale, il la suivit) uniquement pour éclaircir, pour dissiper le malentendu étrange à la suite duquel vous avez cru bon de vous adresser à moi, à moi, un inconnu qui… qui n'a pu *deviner* (c'est le terme que vous employez dans votre lettre) que c'était vous qui lui écriviez, qui n'a pu deviner cela que parce qu'il vous a pris la fantaisie de lui manifester, pendant la matinée littéraire de l'autre jour, une… une attention par trop évidente ! »

Tout ce petit discours fut prononcé par Aratov de cette voix hésitante quoique sonore avec laquelle les élèves encore très jeunes répondent à un examen sur un sujet auquel ils se sont bien préparés… Il était furieux ; il enrageait… Et cette rage même lui avait délié la langue, alors que sa langue était d'ordinaire plutôt embarrassée.

Elle suivait toujours l'allée, elle avait un peu ralenti le pas… Aratov marchait derrière elle comme avant, et comme avant ne voyait que cette pauvre vieille mantille et puis son chapeau qui n'était pas absolument neuf, lui non plus. Il souffrait dans son amour-propre à l'idée que maintenant, sûrement, elle devait penser : « Je n'ai eu qu'à faire un signe, et il est accouru aussitôt ! »

Aratov se taisait… il attendait de voir ce qu'elle allait lui répondre ; mais pas un mot ne sortait de sa bouche.

« Je suis prêt à vous entendre, reprit-il, et croyez même que je serai très heureux si je puis vous être utile en quelque manière… encore que je sois étonné, je l'avoue… Étant donné l'existence retirée que je mène… »

Mais comme il disait ces mots, Clara se retourna brusquement vers lui et il vit un visage si effrayé, si profondément affligé avec des larmes si grosses et si limpides dans les yeux, avec une expression si déchirante autour de la bouche entrouverte — et ce visage était si beau que, malgré lui, il s'arrêta court, et qu'il éprouva un sentiment proche de la peur et aussi de la compassion et de la tendresse.

« Ah ! Pourquoi… pourquoi parlez-vous ainsi… » déclara-t-elle avec une véhémence irrésistible de sincérité et de vérité — et qu'elle était touchante, l'intonation de cette voix ! — « Mon recours à vous a-t-il réellement pu vous offenser ?... n'auriez-vous donc rien compris ?… Ah ! non ! Vous n'avez rien compris, vous n'avez pas compris ce que je vous disais, vous vous êtes imaginé Dieu sait quoi à mon sujet, vous n'avez même pas songé à ce qu'il me coûtait de vous écrire !... Vous ne vous êtes préoccupé que de vous-même, de votre dignité, de votre tranquillité !… Mais est-ce que par hasard (elle porta ses mains à ses lèvres et les serra si fort qu'il entend distinctement craquer ses doigts)… Comme si je manifestais des prétentions à votre égard, comme s'il fallait avant tout des explications… "Mademoiselle…", "je suis étonné, je l'avoue…", "je puis vous être utile…" Ah ! folle que je suis ! Je me suis trompée sur vous, sur votre visage !... Quand je vous ai vu, la première fois… Tenez… Vous restez planté là… Si au moins vous disiez un mot ! Mais non, n'est-ce pas ? Pas un mot ? »

Elle se tut… Son visage s'embrasa soudain

et prit tout aussi soudainement une expression de méchanceté et d'insolence.

« Seigneur ! Que c'est bête ! » s'exclama-t-elle soudain en éclatant d'un rire tranchant. « Que notre rencontre est bête ! Que je suis bête !... Et vous, donc... Fi ! »

Elle eut un geste méprisant de la main comme pour l'écarter de son chemin et, passant devant lui, elle dévala rapidement le boulevard et disparut.

Ce geste de la main, ce rire insultant, cette exclamation finale rendirent à Aratov son humeur première et étouffèrent en lui le sentiment qui lui était venu lorsqu'elle s'était tournée vers lui avec des larmes dans les yeux. Il redevint furieux et faillit crier à son adresse, tandis qu'elle s'éloignait : « Vous ferez peut-être une bonne actrice, mais qu'est-ce qui vous a pris de jouer cette farce à mes dépens ? »

Il revint chez lui à grands pas et, sans cesser de remâcher son dépit et son indignation pendant tout le trajet, il sentait en même temps remonter en lui au travers de tous ces sentiments mauvais, hostiles, le souvenir involontaire du merveilleux visage qu'il avait vu l'espace d'un instant... Il se posa même la question : « Pourquoi ne lui ai-je pas répondu, quand elle me demandait ne fût-ce qu'un mot ? » « Je n'ai pas eu le temps… pensait-il… — Elle ne m'a pas laissé prononcer ce mot. Et puis quel mot aurais-je prononcé ? »

Mais tout de suite il secoua la tête et laissa tomber avec mépris : « Comédienne ! »

Mais répétons-le, au moment où il pensait cela, son amour-propre de jeune homme nerveux, sans expérience, offensé pour la première fois, se sentait en quelque sorte flatté d'avoir inspiré, tout de même, une passion de cette envergure…

« En revanche, à l'heure où nous sommes, tout cela est bien entendu terminé… J'ai dû lui paraître comique… » ressassait-il indéfiniment.

Cette idée lui était désagréable, et de nouveau il se fâchait… contre elle… et aussi contre lui-même. Rentré chez lui, il s'enferma dans son cabinet. Il n'avait pas envie de rencontrer Platocha. La bonne vieille s'en vint deux fois jusqu'à sa porte coller l'oreille contre le trou de la serrure, mais se contenta de soupirer et de murmurer sa prière…

« Nous y voilà ! pensait-elle… Et il n'a que vingt-cinq ans… Ah ! C'est bien tôt, c'est bien tôt ! »

VIII

Toute la journée du lendemain, Aratov fut de très mauvaise humeur. « Qu'as-tu, Iacha ? lui dit Platonide Ivanovna, tu es tout ébouriffé aujourd'hui ! » Dans le langage bien personnel de la vieille femme, cette expression définissait assez justement l'état moral d'Aratov. Il était incapable de travailler et ne savait d'ailleurs pas trop lui-même ce dont il avait envie. Soit il se surprenait, comme la veille, à attendre Kupfer (se doutant bien que c'était de Kupfer que Clara avait obtenu son adresse... et puis qui d'autre aurait pu lui « parler beaucoup » de lui ?), soit, en y réfléchissant il se refusait à croire que ses relations avec elle pussent prendre fin de cette manière, soit il s'imaginait qu'elle allait de nouveau lui écrire, soit il se demandait s'il ne devrait pas, lui,

écrire à la jeune fille une lettre où il explique-
rait tout, car il ne souhaitait tout de même pas
la laisser sur une opinion défavorable... Mais
expliquer *quoi*, en fait ? Soit il s'excitait contre
elle jusqu'à la trouver odieuse avec son sans-
gêne, son insolence ; soit il revoyait en esprit
ce visage inexprimablement touchant et réen-
tendait sa voix irrésistible ; soit il se remémo-
rait sa façon de chanter, de déclamer, et ne
savait plus s'il avait raison de la condamner
sans appel. En un mot il était ébouriffé ! Finalement, tout cela l'exaspéra et il résolut de
prendre, comme on dit, « sur soi » et de *tirer un
trait* sur toute cette histoire puisqu'elle nuisait
incontestablement à ses travaux et troublait sa
tranquillité. Il ne lui fut pas si facile de tenir
sa résolution... Plus d'une semaine s'écoula
avant qu'il ne retrouvât ses vieilles habitudes.
Heureusement Kupfer ne montrait pas le bout
du nez à croire qu'il était absent de Moscou.
Peu de temps avant « l'histoire », Aratov s'était
mis à la peinture, en relation avec ses activités
photographiques ; il recommença à peindre
avec une ardeur redoublée.

Ainsi passèrent sans incident deux mois...
puis trois mois avec seulement quelques « re-

chutes » comme disent les médecins (par exemple, un jour il fut sur le point d'aller rendre visite à la princesse)... et Aratov redevint l'Aratov de naguère. Mais là au fond de lui, sous la surface de sa vie, quelque chose de lourd et d'obscur l'accompagnait à son insu dans toutes ses allées et venues. Ainsi un gros poisson qui vient de mordre à l'hameçon mais n'a pas encore été tiré hors de l'eau continue de nager dans les profondeurs de la rivière, juste sous la barque où le pêcheur est assis, solidement armé de sa gaule.

Et voici qu'un jour, parcourant un numéro déjà vieux des *Nouvelles de Moscou*, Aratov tomba sur la dépêche suivante d'un obscur correspondant de Kazan : *C'est avec une profonde affliction que nous insérons dans notre rubrique théâtrale l'annonce d'un décès inattendu, celui d'une talentueuse actrice chère à nos cœurs, Clara Militch, qui avait su, malgré la brièveté de sa carrière scénique, conquérir les faveurs de notre exigeant public. Notre affliction est d'autant plus vive que Mme Militch a volontairement mis fin à sa jeune vie si prometteuse en absorbant du poison. Et le fait est d'autant plus horrible que l'artiste a absorbé le poison en plein théâtre ! On n'eut que le temps de la ramener à son*

domicile où elle est décédée laissant des regrets una-
nimes. Dans notre ville, le bruit court qu'un amour
malheureux serait à l'origine de ce geste fatal.

Aratov posa doucement le journal sur la table. En apparence il était toujours aussi calme... mais un coup venait de le frapper à la poitrine et à la tête, un coup dont les répercussions se propageaient maintenant lentement dans tous ses membres. Il se leva, resta debout un moment, puis se rassit et relut cette correspondance. Ensuite il se releva, alla s'allonger sur son lit et, les bras croisés sous sa tête, contempla longuement le mur d'un regard embrumé. Peu à peu ce mur parut s'effacer... disparaître... et il eut à nouveau devant les yeux le boulevard sous un ciel gris, *elle*, dans sa mantille noire... puis elle encore sur l'estrade... il se vit aussi, lui-même, à son côté. Ce qui l'avait si durement frappé tout d'abord à la poitrine se mit à remonter, maintenant... à remonter vers sa gorge... Il voulut tousser, appeler quelqu'un, mais sa voix ne lui obéit pas et, à sa propre stupéfaction, des larmes irrépressibles se mirent à couler de ses yeux... Quelle était la cause de ces larmes ? La pitié ? le remords ? Ou simplement ses nerfs ébranlés par cette secousse inattendue étaient-ils à bout ? Car enfin elle ne lui était rien, n'est-il pas vrai ?

« Et si ce n'était pas vrai, après tout ? » lui vint-il tout à coup à l'esprit. « Il faut savoir ! Mais par qui ? Par la princesse ? Non, par Kupfer... par Kupfer ! Et si, comme on le dit, il est absent de Moscou ? Tant pis ! Avant tout il faut aller chez lui ! »

C'est avec toutes ces considérations en tête qu'Aratov s'habilla précipitamment, prit un fiacre et courut chez Kupfer au grand galop.

IX

Alors qu'il n'espérait pas le trouver chez
lui... il l'y trouva. Kupfer s'était effectivement
absenté de Moscou quelque temps, mais il était
de retour depuis déjà une semaine et s'apprê-
tait même à retourner chez Aratov. Il l'ac-
cueillit avec sa bonne humeur coutumière et
se lançait déjà dans je ne sais quelles explications... quand Aratov l'interrompit en lui de-
mandant avec impatience :

« Tu as lu ? C'est vrai ?

— Qu'est-ce qui est vrai ? questionna Kupfer éberlué.

— À propos de Clara Militch ? »

Le visage de Kupfer prit une expression
attristée.

« Oui, oui, mon vieux, c'est vrai : elle s'est
empoisonnée ! Quel malheur ! »

Après un temps de silence, Aratov demanda :

« Mais toi aussi tu l'as appris par le journal ? Ou bien serais-tu allée à Kazan ?

— Oui, j'y suis allé ; nous l'avions accompagnée là-bas, la princesse et moi. Elle a joué au théâtre de Kazan et remporté un vif succès. Mais je ne suis pas resté jusqu'au jour de la catastrophe... J'ai été à Iaroslavl.

— À Iaroslavl ?

— Oui, pour y raccompagner la princesse... Elle habite là-bas, maintenant.

— Mais tes informations sont sûres ?

— Tout ce qu'il y a de plus sûres... de première main ! J'ai fait la connaissance de sa famille, à Kazan. Mais dis donc, mon vieux... on dirait que cette nouvelle te bouleverse ? Pourtant je crois me rappeler que Clara ne t'avait pas plu, à l'époque ? Dommage ! C'était une fille merveilleuse... mais une tête brûlée ! Une vraie tête brûlée ! Cela m'a fait une peine immense ! »

Aratov ne dit pas un mot, se laissa tomber sur une chaise et, au bout d'un petit moment, demanda à Kupfer de lui raconter... Il ne put terminer sa phrase.

« Quoi ? demanda Kupfer.

— Mais... tout, répondit Aratov d'une voix hésitante. — Sur sa famille, par exemple... et puis tout le reste. Tout ce que tu sais !

— Ah ! bon ? Cela t'intéresse ? Soit. »

Et Kupfer, dont le visage ne portait aucune trace de sa « peine immense », commença donc son récit.

Aratov apprit de lui que le vrai nom de Clara Militch était Catherine Milovidov ; son père, maintenant défunt, avait été professeur de dessin au lycée de Kazan, peignait de mauvais portraits et des icônes sur commande de l'État, et s'était taillé en outre la réputation d'un ivrogne et d'un tyran domestique... « *Un homme qui avait des lettres*, tu te rends compte ! » (Ici Kupfer eut un petit rire satisfait, soulignant par là le calembour qu'il venait de faire[1]) ; à sa mort il laissa derrière lui premièrement une veuve d'origine marchande, « une idiote complète, sortie tout droit des comédies d'Ostrovski[2] » ; deuxièmement une fille beaucoup

1. Le calembour est intraduisible : en russe, l'adjectif qui signifie lettré, cultivé, *obrazovannyï*, est dérivé du mot *obraz* signifiant « forme, image », et en particulier « image sainte, icône ».
2. Alexandre Ostrovski (1823-1886), grand dramaturge réaliste russe.

plus âgée que Clara et différente d'elle : c'était une jeune personne très intelligente mais exaltée, malade, « quelqu'un de remarquable et de très évolué, mon vieux ! » Toutes deux, la veuve et sa fille, vivaient à l'abri du besoin dans une petite maison décente acquise grâce à la vente des mauvais portraits et des icônes mentionnés plus haut ; Clara... ou Katia, « comme tu voudras », montra dès son jeune âge des dispositions qui étonnaient son entourage, mais elle était d'un caractère intraitable, capricieux, et se disputait continuellement avec son père ; ayant une passion innée pour le théâtre, elle s'enfuit à seize ans de la maison paternelle avec une actrice...

« Tu veux dire un acteur ? l'interrompit Aratov.

— Non, pas un acteur, mais une actrice à laquelle elle s'était attachée... Cette actrice, il est vrai, avait un protecteur, un gentilhomme riche et déjà vieux qui l'aurait épousée s'il n'avait été lui-même marié ; l'actrice aussi, d'ailleurs, était, me semble-t-il, une femme mariée. » Après quoi, Kupfer apprit à Aratov que Clara avait déjà joué et chanté dans des théâtres de province avant de venir à Moscou ;

qu'après avoir perdu son amie l'actrice (dont le protecteur avait dû mourir lui aussi, ou bien alors s'était remis avec sa femme — sur ce point les souvenirs de Kupfer n'étaient pas clairs) elle fit la connaissance de la princesse, « cette femme en or que tu n'as pas su apprécier à sa juste valeur, mon cher ami Jacques Andréïtch » ajouta ici le narrateur avec conviction ; enfin Clara s'était vu proposer un engagement à Kazan et l'avait accepté, bien qu'elle eût affirmé auparavant qu'elle ne quitterait jamais Moscou. « Mais ce qu'elle a plu aux habitants de Kazan, c'est inimaginable ! À chaque représentation, c'étaient des bouquets et un cadeau ! Des bouquets et un cadeau ! Il y a un négociant en blé, le plus gros bonnet de la province, qui lui a même offert un encrier en or ! » Kupfer racontait tout cela avec beaucoup d'animation, sans faire preuve, avouons-le, d'une sentimentalité excessive ; il entrecoupait ses propos de questions du genre : « Pourquoi veux-tu savoir ça ? » ou : « Ça te mène à quoi, de le savoir ? » chaque fois qu'Aratov qui l'écoutait avec une attention dévorante exigeait encore des détails, toujours plus de détails. Kupfer finit quand même par n'avoir plus rien à dire et prit un cigare pour se récompenser de sa peine.

« Mais pourquoi donc s'est-elle empoisonnée ? demanda Aratov. Dans le journal il y a écrit... »

Kupfer eut un geste d'ignorance.

« Alors là... je ne peux pas te dire... Je ne sais pas. Mais le journal raconte des blagues. Clara avait une conduite exemplaire... pas d'amourettes, rien... Tu penses, avec l'orgueil qui était le sien ! Elle était fière comme Satan lui-même, et inaccessible ! C'était une tête brûlée ! Dure comme la pierre. Me croiras-tu si je te dis que moi, qui la connaissais si intimement, je n'ai jamais vu une larme dans ses yeux ! »

« Moi j'en ai vu », pensa Aratov à part soi.

« Il n'y a qu'une chose, poursuivit Kupfer ; les derniers temps, j'avais remarqué en elle un grand changement : elle était devenue morose, tu sais, taciturne ; pendant des heures entières on n'en tirait pas une parole. J'avais beau lui demander : "Quelqu'un vous a-t-il offensé, Catherine Sémionovna ?" Car je connaissais son caractère : elle ne pouvait pas supporter d'être offensée ! Elle restait bouche cousue, c'est tout. Même les succès qu'elle obtenait en scène ne la déridaient pas ; les bouquets pleuvaient... sans lui tirer un sourire ! L'encrier en or, elle l'a regardé une fois et mis au rancart ! Elle se plaignait, disait que personne ne lui écrirait un vrai rôle, un rôle à son idée. Et puis elle avait complètement renoncé au chant. Et là, mon vieux, il faut m'excuser !... Je lui ai répété, à l'époque, que tu trouvais qu'elle n'avait pas *la technique*. Mais quand même... Pourquoi s'est-elle empoisonnée ? C'est inconcevable. Et de cette façon-là !

— Quel était le rôle où elle avait le plus de succès ? »

Aratov aurait voulu savoir quel avait été son dernier rôle, mais posa, inexplicablement, une question à côté.

« La "Grounia" d'Ostrovski, si je me souviens bien. Mais je te le répète : elle n'avait pas d'amourettes ! Un seul fait t'en convaincra : elle vivait dans la maison de sa mère... Tu en connais sûrement, de ces maisons de marchands avec dans tous les coins des armoires à icônes et des veilleuses allumées devant, où l'on étouffe de chaleur, où ça sent la saumure, où il n'y a dans le salon que des chaises, alignées le long des murs, où les fenêtres sont fleuries de géraniums et où l'arrivée d'un étranger fait pousser de hauts cris à la maîtresse de maison comme s'il s'agissait d'un ennemi montant à l'assaut ? Tu parles d'un lieu propice aux petits brins de cour et aux histoires d'amour ! Même moi, quelquefois, on ne me laissait pas entrer. La domestique qu'elles avaient, une grosse paysanne en sarafane d'andrinople, à la poitrine croulante, se plantait dans l'entrée pour barrer le passage et rugissait : "Où que vous allez ?" Non, décidément, je ne comprends pas pourquoi elle s'est empoisonnée. Elle a dû en avoir assez de la vie », décréta philosophiquement Kupfer au terme de ses considérations.

Aratov, toujours assis, baissait la tête.

« Peux-tu me donner l'adresse de cette maison à Kazan ? demanda-t-il enfin.

— Bien sûr ; mais pourquoi ? Tu veux sans doute leur envoyer une lettre ?

— Peut-être.

— Ma foi, à ton idée. Seulement la vieille ne te répondra pas, elle ne sait ni lire ni écrire. La sœur, peut-être... Oh ! la sœur est fine ! Mais je le répète, tu m'étonnes, mon vieux. Quelle indifférence autrefois... et maintenant quelle curiosité ! Tout ça, mon cher, c'est la faute de la solitude ! »

Aratov ne répondit rien à cette remarque et sortit avec, dans sa poche, l'adresse de Kazan.

Tandis qu'il se rendait chez Kupfer, son visage avait exprimé l'émotion, la stupéfaction, l'attente... Maintenant, il marchait d'un pas régulier, les yeux baissés, le chapeau enfoncé sur les yeux ; presque tous les passants qui le croisaient se retournaient pour l'escorter d'un regard curieux... mais il ne les remarquait pas... Ah ! C'était autre chose que sur le boulevard de Tver !...

« Infortunée Clara ! Clara la folle ! » scandait-il sans arrêt dans son for intérieur.

X

Cependant Aratov passa le lendemain une journée assez calme. Il put même s'adonner à ses occupations habituelles. À un détail près, toutefois : au travail comme au repos il pensait constamment à Clara, à ce que Kupfer lui avait dit la veille. Certes ses pensées étaient de nature assez paisible. Il lui semblait que cette étrange jeune fille l'intéressait d'un point de vue psychologique, comme une sorte d'énigme à la solution de laquelle il vaudrait peut-être la peine de se casser un peu la tête. « Elle s'est enfuie pour se faire entretenir par une actrice, se disait-il, elle s'est mise sous la protection de cette princesse chez qui il semble bien qu'elle ait habité — et elle n'aurait pas eu d'*amourettes* ? C'est invraisemblable ! Kupfer dit : l'orgueil ! Mais primo, nous savons (Aratov aurait dû dire : nous avons lu dans des livres)… nous savons que l'orgueil s'accommode fort bien d'une conduite légère ; deuxièmement, comment a-t-elle pu, étant si orgueilleuse, donner rendez-vous à un homme qui était susceptible de lui marquer du mépris… et qui l'a fait… et dans un lieu public, encore… sur un boulevard ! » Là, Aratov revit en esprit toute la scène du boulevard et se demanda :

« Est-ce bien vrai que j'ai marqué du mépris à Clara ? Non, conclut-il… C'était un autre sentiment… un sentiment de stupeur… de méfiance, en fin de compte ! Les mots "Infortunée Clara !" résonnèrent à nouveau dans sa tête. Oui, infortunée, admit-il encore une fois… C'est le mot qui convient le mieux. Mais s'il en est ainsi, alors j'ai été injuste. Elle a eu raison de dire que je ne l'avais pas comprise. Dommage ! Une créature peut-être si remarquable, après tout, est passée tout près de moi… et je n'ai pas su saisir l'occasion, je l'ai repoussée… Allons, ce n'est pas grave ! J'ai encore toute la vie devant moi. Dieu sait quelles rencontres bien autrement remarquables je suis peut-être appelé à faire encore !

« Mais qu'est-ce qui lui a pris de me choisir

moi ? — Il jeta les yeux sur un miroir devant lequel il passait. Qu'ai-je de particulier ? Et qu'ai-je de si beau ? Mon visage… il est comme tous les visages… À vrai dire elle non plus n'est pas une beauté.

« Non, elle n'est pas une beauté… mais quel visage expressif ! Immobile… et pourtant expressif ! Je n'avais encore jamais rencontré pareil visage. Et elle a du talent… elle avait, veux-je dire, un talent incontestable. Fruste, non encore affiné, grossier même… mais incontestable. Et si cela est, alors je me suis montré injuste envers elle. » Aratov se reporta par la pensée à cette matinée littéraire et musicale… et dut bien s'avouer qu'il se rappelait avec une extraordinaire netteté chacune des paroles chantées ou prononcées par elle, chacune de ses intonations… — Cela ne serait pas arrivé si elle avait été dépourvue de talent.

« Et maintenant tout cela est dans la tombe, dans une tombe où elle s'est précipitée elle-même… Mais je n'y suis pour rien… Ce n'est pas ma faute ! Il serait même comique de penser que je pourrais être coupable. » Aratov se redit encore que même si elle avait éprouvé « quelque chose de ce genre », sa conduite à lui pendant leur entrevue lui avait sans aucun doute enlevé ses illusions... C'est pour cela qu'elle avait éclaté d'un rire si cruel en le quittant. « Et puis où est la preuve qu'elle s'est empoisonnée à cause d'un chagrin d'amour ? Il n'y a que les correspondants de journaux pour attribuer toutes les morts de ce genre à des chagrins d'amour ! Pour les gens du caractère de Clara, la vie devient facilement odieuse... insipide. Oui, insipide. Kupfer a raison : tout simplement elle en a eu assez de la vie.

« Malgré les succès, les ovations ? »

Cette idée le fit réfléchir. Il prenait un réel plaisir à l'analyse psychologique à laquelle il s'adonnait. Étranger jusque-là à tout contact avec les femmes, il ne soupçonnait même pas toute la signification qu'avait pour lui-même cette exploration fiévreuse d'une âme féminine.

Et, prolongeant sa réflexion, il se disait :

« Ainsi donc l'art ne suffisait pas à la satisfaire, ne meublait pas le désert de sa vie. Les vrais artistes ne vivent que pour leur art, pour le théâtre... Tout le reste pâlit devant ce qu'ils considèrent comme leur vocation... Elle était une dilettante ! »

Là, Aratov hésita de nouveau. Non, le mot « dilettante » n'allait pas avec ce visage, avec l'expression de ce visage, avec ces yeux…

Et de nouveau l'image de Clara vint flotter devant ses yeux avec son regard inondé de larmes fixé sur lui, avec ses mains crispées qu'elle avait portées à ses lèvres…

« Ah ! il ne faut pas, il ne faut pas… murmura-t-il… À quoi bon ? »

Ainsi s'écoula toute cette journée. À table, Aratov parla beaucoup avec Platocha, l'interrogeant sur ce temps jadis dont elle rendait compte, d'ailleurs, aussi mal qu'elle s'en souvenait, car elle n'était guère douée sous le rapport de l'élocution et n'avait presque rien remarqué durant toute sa vie à l'exception de son Iacha. Elle ne voyait rien d'autre que sa bonté et sa gentillesse du moment, et s'en réjouissait. Quand vint le soir, Aratov était si apaisé qu'il joua plusieurs parties de cartes avec sa tante.

Ainsi passa la journée… mais quelle nuit l'attendait ! !

XI

Elle commença bien, cette nuit ; il s'endormit vite, et quand sa tante entra chez lui sur la pointe des pieds pour le bénir trois fois dans son sommeil comme elle avait coutume de le faire chaque nuit, il était couché et respirait aussi calmement qu'un enfant. Mais un peu avant l'aube, il fit un rêve.

Voici ce qu'il rêva :

Il marchait dans une steppe nue, parsemée de cailloux, sous un ciel bas. Entre les cailloux serpentait un sentier, il le prit.

Soudain s'éleva devant lui comme un petit nuage ténu. Aratov l'observe de plus près et s'aperçoit que le nuage est devenu une femme vêtue de blanc, une ceinture lumineuse autour de la taille, qui s'éloigne de lui très rapidement. Il ne voit ni son visage ni ses cheveux cachés par un long voile. Pourtant il veut absolument la rattraper et la regarder en face. Mais il a beau presser le pas, elle marche plus vite que lui.

Sur le sentier gît une large pierre plate qui ressemble à une pierre tombale. Elle barre le passage à la femme… La femme s'arrête. Aratov la rattrape en courant. Elle se tourne vers lui mais il ne peut pas voir ses yeux pour autant… ils sont fermés. Son visage est blanc, blanc comme la neige. Avec ses bras pendants, immobiles, elle ressemble à une statue.

Lentement, sans plier un seul de ses membres, elle se renverse en arrière et s'abandonne sur la dalle… Et Aratov se retrouve couché à côté d'elle, couché de tout son long comme un gisant de pierre, et ses mains sont croisées comme celles d'un mort.

Mais alors la femme se relève tout à coup — la voilà qui s'éloigne. Aratov veut se lever aussi… mais il est incapable de faire un mouvement ou de desserrer les mains et ne peut que la regarder s'éloigner avec désespoir.

Alors la femme se retourna brusquement et il vit des yeux lumineux, pleins de vie, dans un visage bien vivant mais inconnu de lui. Elle riait, lui faisait signe de venir… mais il était toujours incapable de faire un geste…

Elle rit encore une fois et s'éloigna rapidement, hochant gaiement la tête, et sur cette tête était posée une couronne de petites roses rouge vif.

Aratov s'efforce de crier, s'efforce de mettre fin à cet horrible cauchemar…

Soudain tout s'obscurcit autour de lui… et la femme revint. Mais ce n'était plus la statue inconnue de naguère. C'est Clara. Elle s'arrête devant lui, croise les bras et le regarde avec une attention sévère. Ses lèvres sont serrées, mais Aratov croit l'entendre prononcer :

« Si tu veux savoir qui je suis, va là-bas ! …

— Où cela ? demande-t-il.

— Là-bas ! Là-bas ! » croit-il l'entendre gémir.

Aratov s'éveilla.

Il s'assit sur son lit, alluma la bougie posée sur sa table de nuit, mais ne se leva pas et demeura longtemps dans cette position, la chair glacée, promenant lentement ses yeux autour de la pièce. Il lui semblait que quelque chose lui était arrivé depuis qu'il s'était couché ; que quelque chose s'était introduit en lui… avait pris possession de lui. « Mais comment cela se pourrait-il ? murmurait-il sans s'en rendre compte. Comment un tel pouvoir existerait-il ? »

Il ne pouvait plus rester au lit. Il s'habilla sans faire de bruit et jusqu'au matin arpenta sa chambre. Et chose étrange ! pas un instant il ne pensa à Clara ; et il n'y pensa pas pour la raison qu'il était décidé à se rendre à Kazan le lendemain !

Il ne pensait qu'à ce voyage ; à la façon dont il le ferait, à ce qu'il devrait emporter et à la manière dont il s'y prendrait pour mener son enquête, découvrir la vérité et retrouver la paix. « Si tu n'y vas pas, tu risques de devenir fou ! » se disait-il en lui-même. C'était cela qu'il craignait ; il craignait pour ses nerfs. Il était persuadé que dès qu'il aurait tout vu là-bas de ses propres yeux, toutes ses hallucinations se dissiperaient comme s'était dissipé son cauchemar de la nuit. « Ce voyage te prendra tout au plus une semaine, pensait-il. Qu'est-ce qu'une semaine ? Je ne vois pas d'autre moyen de te libérer. »

Le soleil se leva, éclairant la chambre ; mais la lumière du jour ne chassa pas les ombres nocturnes qui l'avaient assailli et ne changea pas sa décision.

Platocha faillit avoir un coup de sang quand il la lui communiqua, cette décision. Elle en tomba littéralement assise, les jambes coupées. « Comment cela, à Kazan ? Pourquoi à Kazan ? » murmura-t-elle, et ses yeux, aveuglés déjà par l'émotion, lui sortaient de la tête. Elle n'aurait pas été plus étonnée en apprenant que son Iacha épousait la boulangère d'à côté ou partait pour les Amériques.

« Et tu resteras longtemps, à Kazan ?

— Je serai de retour dans une semaine », répondit Aratov ; il se tenait debout et détournait la tête pour ne pas regarder sa tante toujours assise par terre.

Platonide Ivanovna allait lui répondre, mais Aratov lui coupa la parole en lui criant à la figure d'une manière totalement inattendue et inhabituelle de sa part :

« Je ne suis pas un enfant (et tandis qu'il criait il devint tout pâle, ses lèvres tremblèrent et ses yeux lancèrent des éclairs haineux). J'ai vingt-six ans ! Je sais ce que je fais, je suis libre de faire ce que je veux ! Je ne permettrai à personne... Donnez-moi de l'argent pour le

85

voyage, préparez une valise avec du linge et des vêtements… et cessez de me persécuter ! Je serai de retour dans une semaine, Platocha », ajouta-t-il d'une voix radoucie.

Platocha se releva en gémissant et, sans plus élever d'objections, regagna sa chambre en traînant les pieds. Son Iacha l'avait épouvantée. « Non », dit-elle à la cuisinière qui l'aidait à faire les bagages de son neveu, « non, ce n'est pas une tête que j'ai sur les épaules mais une vraie ruche… quant à te dire quelles abeilles bourdonnent là-dedans, je n'en sais rien. Il s'en va à Kazan, ma bonne mère, à Kazan ! » La cuisinière, qui avait vu la veille le gardien de leur maison en grande conversation avec l'agent de police du quartier souhaitait vivement rapporter cet événement à sa patronne mais n'osa pas le faire et se borna à penser à part soi : « À Kazan, ou encore plus loin, si ça se trouve ! » Platonide Ivanovna était tellement décontenancée qu'elle ne put même pas dire sa prière habituelle. Dans un pareil malheur, même le bon Dieu ne pouvait être d'aucun secours !

Le jour même, Aratov partit pour Kazan.

XII

À peine fut-il arrivé dans cette ville, à peine eut-il retenu une chambre d'hôtel, qu'il se précipita à la recherche de la maison de la veuve Milovidov. Il avait passé tout le voyage dans une sorte d'hébétude, ce qui ne l'avait d'ailleurs nullement empêché de prendre toutes les dispositions nécessaires : quitter le train à Nijni-Novgorod pour monter dans un bateau, s'alimenter aux différents arrêts, etc. Il demeurait persuadé que *là-bas* tout s'éclaircirait et, en conséquence, il repoussait loin de son esprit tous souvenirs et toutes considérations, pour se concentrer uniquement sur la préparation mentale du *speech* par lequel il exposerait à la famille de Clara Militch la vraie raison de son voyage. Enfin il était parvenu au but tant recherché, enfin il se faisait annoncer.

On le laissa entrer… non sans hésitations et sans craintes… mais enfin on le laissa entrer.

La maison de la veuve Milovidov était bien telle que l'avait décrite Kupfer, et la veuve elle-même ressemblait effectivement à une marchande d'Ostrovski bien qu'elle fût veuve de fonctionnaire (son époux avait été assesseur de collège). Ce ne fut pas sans quelque embarras qu'Aratov, après s'être excusé de sa hardiesse, du caractère insolite de sa visite, prononça le speech qu'il avait préparé d'avance : il avait conçu le désir de rassembler toutes les informations voulues sur une jeune artiste douée si précocement disparue ; il n'était pas guidé, en l'occurrence, par une vaine curiosité, mais par une sympathie profonde pour son talent dont il avait été un admirateur (oui, il dit bien : admirateur) ; puis enfin il serait criminel de tenir le public dans l'ignorance de ce qu'il avait perdu et de la raison pour laquelle ses espoirs avaient été déçus ! Mme Milovidov laissa parler Aratov sans l'interrompre ; c'est à peine si elle comprenait ce que lui racontait ce visiteur inconnu — et elle écarquillait sur lui des yeux légèrement exorbités, ce qui ne l'empêchait pas néanmoins de noter qu'il avait l'air pacifique, qu'il était vêtu convenablement... non, ce n'était pas un de ces filous qui viennent vous soutirer de l'argent.

« C'est de Katia que vous parlez ? » demandat-elle quand Aratov eut terminé son speech.

« Parfaitement... de votre fille.

— Et vous êtes venu de Moscou pour ça ?

— Oui.

— Uniquement pour ça ?

— Oui. »

Mme Milovidov eut un brusque sursaut.

« Mais alors vous écrivez ? Dans les journaux ?

— Non, je n'écris pas et je n'ai jamais été journaliste jusqu'à ce jour. »

La veuve baissa la tête, fort perplexe. Brusquement elle demanda :

« Alors vous faites ça... pour le plaisir ? » Aratov ne sut pas immédiatement que lui répondre.

« Par sympathie, par respect pour le talent », dit-il enfin.

Le mot « respect » plut à Mme Milovidov.

« Mon Dieu ! soupira-t-elle. Bien sûr, je suis sa mère, et croyez que sa mort m'a causé bien du chagrin... Un coup pareil, un malheur si subit !... Mais je dois avouer qu'elle a toujours été capricieuse, et qu'elle a fini de la même façon !... Quelle honte... Vous vous rendez compte de ce que c'est pour une mère ? Encore heureux qu'on l'ait enterrée chrétiennement... (Mme Milovidov se signa.) Déjà toute petite elle n'obéissait à personne, elle a quitté la maison paternelle... et pour finir, il a fallu qu'elle se fasse actrice, rien que ça ! Bien sûr, je ne lui ai pas fermé ma porte : je l'aimais, voyez-vous ! Je suis tout de même sa mère, voyez-vous ! Il aurait fait beau voir qu'elle aille vivre chez des étrangers, mendier, en somme !... (cette idée lui mit la larme à l'œil). Et si telle est vraiment votre intention, monsieur, reprit-elle en s'essuyant les yeux du coin de son fichu, si vous n'avez aucun projet déshonnête à notre encontre mais au contraire la volonté de vous montrer attentionné, eh ! bien, parlez-en donc avec mon autre fille. Elle vous racontera tout mieux que moi... Annette ! appela Mme Milovidov, Annette, viens ici ! Il y a là un monsieur de Moscou qui voudrait t'entretenir au sujet de Katia ! »

Un léger bruit parvint de la pièce voisine, mais personne ne se montra.

« Annette ! appela encore la veuve, Anne Sémionovna ! Viens, puisqu'on te le dit ! »

La porte s'ouvrit doucement, et une jeune fille se montra sur le seuil : elle n'était plus de première fraîcheur, elle avait un air maladif et elle était plutôt laide, mais elle avait des yeux très tendres et très tristes. Aratov se leva à son entrée et se présenta, sans oublier de se réclamer de son ami Kupfer.

« Ah ! oui, Théodore Fiodorytch ! » dit la jeune fille d'une voix douce en s'asseyant tout doucement sur une chaise.

« Bon, eh ! bien, cause un peu avec le monsieur », dit Mme Milovidov en se levant lourdement de son siège ; « il a pris la peine de venir de Moscou tout exprès, il veut ramasser des renseignements sur Katia. Vous voudrez bien m'excuser, monsieur, dit-elle en se tournant vers Aratov… Je dois m'en aller, j'ai à faire dans la maison. Avec Annette vous pourrez avoir toutes les explications voulues, elle vous parlera aussi du théâtre… de tout ça, enfin. Elle est intelligente, ma fille, elle a de l'éducation : elle parle français et lit des livres, ni plus ni moins que sa défunte sœur. C'est elle qui l'a élevée, on peut dire… Étant son aînée, elle s'est occupée d'elle, voyez-vous. »

Mme Milovidov se retira. Resté en tête à tête avec Anne Sémionovna, Aratov lui refit son speech ; mais ayant compris au premier coup d'œil qu'il avait affaire à une jeune personne effectivement évoluée et non à une fille de marchand, il enrichit un peu son exposé et employa d'autres tournures ; et vers la fin, profondément ému par ses propres paroles, il devint tout rouge et son cœur se mit à cogner dans sa poitrine. Anne l'écoutait sans mot dire, les mains posées l'une sur l'autre ; un sourire triste ne quittait pas son visage… et ce sourire trahissait un chagrin amer, un chagrin non encore surmonté.

« Vous connaissiez ma sœur ? demanda-t-elle à Aratov.

— Non ; je ne la connaissais pas à proprement parler, répondit-il. Nous nous sommes vus et je l'ai entendue une fois… mais il suffisait de la voir et de l'entendre une fois, votre sœur…

— Vous voulez écrire sa biographie ? » demanda encore Anne.

Aratov ne s'attendait pas à cette question ; pourtant il répondit aussitôt : « Pourquoi non ? Mais surtout je voudrais informer le public… »

Anne l'arrêta d'un geste.

« À quoi bon cela ? Le public lui a causé déjà bien assez de chagrin ; et puis Katia n'en était encore qu'au début de sa vie. Mais si vous-même (Anne le regarda et sourit de nouveau de ce même sourire triste, déjà plus ouvert cependant… on eût dit qu'elle pensait : oui, tu m'inspires confiance)… si vous-même nourrissez envers elle une telle sympathie, alors puis-je vous demander de venir chez nous ce soir… après dîner ? Là, maintenant… de but en blanc… je ne peux pas. Je rassemblerai mes forces… j'essaierai… Ah ! je l'aimais trop ! »

Anne détourna la tête ; elle était sur le point d'éclater en sanglots.

Aratov se leva d'un bond, la remercia de sa proposition, dit qu'il viendrait sûrement… sûrement ! et s'en alla, emportant dans son cœur le souvenir de la voix douce, des yeux tendres et tristes, et déjà brûlant d'une attente impatiente.

XIII

Aratov revint le même jour chez les Milovidov et bavarda trois heures durant avec Anne
Sémionovna. Mme Milovidov se coucha aussitôt après le repas, à deux heures, et « reposa »
jusqu'à l'heure du thé du soir, jusqu'à sept
heures. L'entretien d'Aratov avec la sœur de
Clara ne fut pas réellement une conversation :
Anne fut presque seule à parler, d'abord d'une
voix hésitante, embarrassée, puis avec une ardeur incoercible. Visiblement elle avait adoré
sa sœur. La confiance que lui avait inspirée
d'emblée Aratov allait grandissant et se ren-
forçant ; elle n'était plus intimidée ; deux fois,
même, elle pleura devant lui en silence. Cet
homme lui semblait mériter sa franchise et
ses confidences... dans l'isolement où elle
vivait, rien de pareil ne lui était encore ar-

rivé !… Quant à lui… il buvait chacune de ses paroles.

Voici ce qu'il recueillit… en grande partie, bien sûr, de demi-confidences qu'il compléta lui-même.

Petite, Clara avait été incontestablement une enfant désagréable ; et même devenue jeune fille elle ne s'était guère radoucie : indisciplinée, coléreuse, pétrie d'amour-propre, elle s'entendait spécialement mal avec son père qu'elle méprisait pour son ivrognerie autant que pour sa nullité. Il le sentait bien et ne le lui pardonnait pas. Elle montra précocement des dons pour la musique ; son père ne voulait pas les cultiver, ne reconnaissant comme forme d'art que la peinture dans laquelle il avait lui-même si mal réussi, mais qui les nourrissait, lui et les siens. Clara aimait sa mère… négligemment, comme on aime une nourrice ; elle adorait sa sœur, et pourtant se battait avec elle, la mordait… Certes, elle s'agenouillait ensuite devant elle et baisait les morsures qu'elle avait faites. Elle était tout feu, toute passion et toute contradiction : vindicative et bonne, généreuse et rancunière ; elle croyait au destin et ne croyait pas en Dieu (ces mots, Anne les

96

chuchota avec effroi) ; elle aimait tout ce qui était beau et ne se souciait pas de sa propre beauté, s'habillait n'importe comment ; elle ne pouvait souffrir que des jeunes gens lui fissent la cour, mais ne relisait, dans ses livres, que les pages où il était question d'amour ; elle ne voulait pas plaire, n'aimait pas les caresses, et n'oubliait jamais une caresse, pas plus qu'elle n'oubliait une offense ; elle craignait la mort, et elle s'était elle-même donné la mort ! Elle disait parfois : « L'homme que *je* veux, jamais je ne le rencontrerai... et je n'ai pas besoin d'en avoir d'autres ! — Mais si tu le rencontres ? lui demandait Anne. — Si je le rencontre, je le prends. — Et s'il ne se laisse pas prendre ? — Eh ! bien alors, je me tuerai. Cela voudra dire que je ne suis bonne à rien. » Le père de Clara (parfois, quand il était ivre, il demandait à sa femme : « Qui t'a fait cette diablesse, cette noiraude ? Ce n'est pas moi ! ») — le père de Clara qui essayait de s'en débarrasser au plus vite l'avait promise à un jeune et riche marchand fort benêt, du genre « évolué ». Deux semaines avant la noce (elle avait alors seize ans) elle s'approcha de son fiancé les bras croisés, en se tapotant les coudes (une de ses poses favorites), et pan ! elle gifla brusquement sa bonne joue rouge de sa grande main forte ! Il bondit en arrière et resta bouche bée — il faut préciser qu'il était désespérément amoureux d'elle... À sa question : « Mais pourquoi ? » elle éclata de rire et s'en alla. « J'étais là, dans la pièce, raconta Anne, j'ai été témoin de la scène. J'ai couru derrière elle et je lui ai dit : "Katia, mais voyons, qu'est-ce qui te prend ?" Et elle m'a répondu : "S'il avait été un homme, il m'aurait battue ; mais ce n'est qu'une poule mouillée ! Et par-dessus le marché il me demande pourquoi ! Quand on aime et qu'on refuse de rendre le mal pour le mal, alors il faut souffrir sans demander 'pourquoi ?' Il n'obtiendra rien de moi ni maintenant ni jamais !" C'est ainsi qu'elle ne l'épousa pas. Peu de temps après elle fit la connaissance de cette actrice et quitta notre maison. Maman pleura, notre père se contenta de dire : "Hors du troupeau, la chèvre rétive !" Et ne fit rien, n'entreprit rien pour la rechercher. Notre père ne comprenait pas Clara. Moi, la veille de sa fuite, elle me serra dans ses bras à m'étouffer, ajouta Anne ; et elle ne faisait que répéter : "Non, je ne peux pas, je ne peux pas faire autrement !... J'en ai le cœur brisé, mais je ne peux pas. Votre cage est trop petite... trop petite pour mes ailes ! Et puis on ne peut rien contre son destin..."

« Après cela, reprit Anne, nous nous sommes vues de loin en loin... Quand père est mort, elle est venue deux jours, n'a rien réclamé de son héritage et a disparu de nouveau. Elle étouffait chez nous... je le voyais bien. Puis elle est revenue à Kazan, mais comme actrice, cette fois. »

Aratov se mit à questionner Anne sur le théâtre, sur les rôles que Clara avait interprétés, sur ses succès... Anne lui répondait en détail et toujours avec cette ardeur douloureuse et pourtant passionnée. Elle montra même à Aratov une photographie de Clara portant le costume d'un de ses rôles. Sur la photo elle regardait de côté, comme si elle se détournait des spectateurs ; sa longue natte épaisse nouée d'un ruban tombait tel un serpent sur son bras nu. Aratov examina longuement cette photo, la trouva ressemblante, demanda si Clara avait participé à des lectures publiques et apprit que non : l'excitation du théâtre, de la scène, lui était nécessaire... mais une autre question lui brûlait les lèvres.

« Anne Sémionovna ! » s'exclama-t-il enfin, non d'une voix forte, mais avec une véhémence particulière, « dites-moi, je vous en supplie, dites-moi pourquoi… pourquoi elle s'est décidée à cet acte horrible. »

Anne baissa les yeux.

« Je ne sais pas ! répondit-elle après une courte pause. Je vous le jure, je ne sais pas !… » se hâta-t-elle de répéter en voyant Aratov écarter les bras comme s'il ne la croyait pas. « Dès son arrivée elle a été pensive, sombre, c'est vrai. Certainement il lui était arrivé à Moscou quelque chose que je ne pouvais pas deviner ! Mais en ce jour fatal, au contraire, elle semblait être… sinon plus gaie, du moins plus calme que d'habitude. Même moi je n'ai eu aucun pressentiment », ajouta Anne avec un pli amer aux lèvres, comme si elle se le fût reproché.

« Voyez-vous, reprit-elle encore, il était pour ainsi dire inscrit dans le destin de Katia depuis le début qu'elle serait malheureuse. Elle en était convaincue dès l'enfance. Parfois elle mettait son menton dans sa main, comme cela, et d'un ton rêveur elle vous disait : "Je n'ai pas longtemps à vivre !" Elle avait souvent des pressentiments. Figurez-vous qu'elle voyait même à l'avance, parfois en rêve, parfois éveillée, ce qui allait lui arriver ! "Si je ne peux pas vivre comme je le veux, alors je n'ai pas besoin de vivre… (c'était encore une de ses phrases favorites) car enfin notre vie est entre nos mains !" Et elle l'a prouvé, en effet ! »

Anne cacha son visage dans ses mains et se tut.

Aratov laissa passer un moment puis demanda :

« Anne Sémionovna, on vous a peut-être raconté à quoi les journaux ont attribué…

— À un amour malheureux ? » l'interrompit Anne en découvrant brusquement son visage. « C'est une calomnie, une calomnie, une invention !… Ma Katia, mon intacte, mon inaccessible Katia… un amour malheureux, repoussé ? ! ! Et je ne l'aurais pas su ? … C'était d'elle, oui, d'elle que tout le monde tombait amoureux… mais elle… Et puis de qui aurait-elle pu s'éprendre ici ? Qui de tous ces gens, qui était digne d'elle ? Qui était à la hauteur de cet idéal de droiture, de vérité, de pureté surtout, oui, de pureté que, malgré tous les défauts qu'elle avait, elle gardait perpétuel-

101

lement devant les yeux ?... La repousser...
elle... »

La voix d'Anne se brisa... Ses doigts tremblèrent légèrement. Soudain elle devint toute
rouge... rouge de colère, et en cet instant —
un instant seulement —, elle ressembla à sa
sœur.

Aratov se confondait déjà en excuses.

« Écoutez, l'interrompit à nouveau Anne, je
tiens absolument à ce que vous ne croyiez pas,
vous, à cette calomnie et à ce que vous la dis-
sipiez si c'est possible ! Tenez, vous voulez
écrire un article sur elle, n'est-ce pas ? Eh
bien ! l'occasion vous est donnée de défendre
sa mémoire ! C'est pour cela que je vous parle
avec une telle franchise. Écoutez : Katia a laissé
un journal... »

Aratov tressaillit.

« Un journal, murmura-t-il...

— Oui, un journal... enfin, quelques pages.
Katia n'aimait pas écrire... il lui arrivait de ne
rien noter pendant des mois entiers... même
ses lettres étaient si courtes. Mais toujours,
toujours elle a été franche, jamais elle n'a
menti... Mentir ? Une orgueilleuse comme
elle ? Je... je vous montrerai ce journal ! Vous

verrez vous-même s'il s'y trouve ne serait-ce qu'une allusion à un quelconque chagrin d'amour ! »

Anne tira fébrilement du tiroir de la table un mince cahier d'une dizaine de pages tout au plus, et le tendit à Aratov. Celui-ci s'en empara avidement, reconnut la grande écriture irrégulière, l'écriture de la fameuse lettre anonyme, l'ouvrit au hasard et tomba du premier coup sur les lignes suivantes :

Moscou. Mardi... juin. Chanté et déclamé à une matinée littéraire. Aujourd'hui est pour moi un jour décisif. Un jour qui doit décider de mon sort (ces mots étaient soulignés deux fois). *J'ai revu...* Suivaient quelques lignes soigneusement biffées. Et plus loin : *Non ! non ! non !... Il faut recommencer comme avant, si du moins...*

La main d'Aratov qui tenait le cahier tomba d'elle-même, et sa tête s'affaissa doucement contre sa poitrine.

« Lisez ! s'écria Anne. Pourquoi ne lisez-vous pas ? Lisez depuis le début... Vous en avez pour cinq minutes au plus, bien que ce journal s'étende sur deux ans. Une fois revenue à Kazan elle n'a plus rien noté... »

Aratov se leva lentement de son siège et

s'effondra littéralement à genoux devant Anne qui en resta tout bonnement pétrifiée d'étonnement et d'effroi.

« Donnez-moi... donnez-moi ce journal », dit Aratov d'une voix mourante en tendant vers Anne ses deux mains. « Donnez-le-moi... et aussi la photo... vous en avez sûrement une autre — quant au journal, je vous le rendrai... Mais il me le faut, il me faut... »

Dans sa prière, dans les traits décomposés de son visage, il y avait quelque chose de si désespéré qu'on eût pu s'y tromper, y voir de la haine, de la souffrance... Et il souffrait, en effet. Comme un homme qui n'a pas pu prévoir qu'un pareil malheur s'abattrait sur lui, et qui supplie avec égarement d'être épargné, sauvé...

« Donnez-le-moi, répétait-il.

— Mais... vous... vous étiez amoureux de ma sœur ? » finit par demander Anne.

Aratov était toujours à genoux.

« Je l'ai vue en tout deux fois... croyez-moi !... et si je n'y avais pas été incité par des raisons que je suis moi-même incapable de bien comprendre, d'élucider... s'il n'y avait pas eu, au-dessus de moi, un pouvoir plus fort que moi… je n'aurais pas eu l'idée de vous supplier… je ne serais pas venu ici. J'ai besoin… je dois… enfin, vous avez bien dit vous-même que j'avais le devoir de réhabiliter son image !

— Et vous n'étiez pas amoureux de ma sœur ? » demanda encore Anne.

Aratov ne répondit pas immédiatement et détourna un peu la tête, comme sous l'effet d'une douleur.

« Eh ! bien oui, oui, je l'ai été ! Maintenant encore je le suis… » s'exclama-t-il sur le même ton désespéré.

Des pas résonnèrent dans la pièce voisine.

« Levez-vous… levez-vous… Maman vient », dit précipitamment Anne.

Aratov se releva.

« Et prenez le journal et la photo aussi, après tout, si vous y tenez ! Pauvre, pauvre Katia !… Mais vous me rendrez le journal, ajouta-t-elle vivement. Et si vous écrivez quelque chose, envoyez-le-moi sans faute… Vous entendez ? »

L'apparition de Mme Milovidov épargna à Aratov la nécessité de répondre. Il eut cependant le temps de chuchoter :

« Vous êtes un ange ! Merci ! Je vous enverrai tout ce que j'écrirai… »

Mme Milovidov, mal réveillée, ne devina rien.

Ce fut ainsi qu'Aratov repartit de Kazan avec la photographie dans la poche intérieure de sa redingote. Il renvoya le cahier à Anne mais, sans qu'elle s'en aperçût, détacha le feuillet sur lequel étaient écrits les mots soulignés.

Pendant le voyage de retour il retomba dans son hébétude. Tout en se réjouissant secrètement d'avoir obtenu ce qui l'avait déterminé à faire le voyage, il remettait à plus tard, au moment où il serait rentré chez lui, de réfléchir au sujet de Clara. Il pensait bien davantage à sa sœur Anne. « Voilà quelqu'un de merveilleux, de sympathique ! Quelle finesse dans l'intuition, quelle capacité d'amour, quelle absence d'égoïsme ! Penser que dans nos provinces, et dans un milieu pareil, par-dessus le marché, il fleurit des jeunes filles comme celle-là ! Toute maladive, laide, fanée qu'elle soit, quelle parfaite compagne elle ferait pour un homme honnête et cultivé ! C'est de quelqu'un comme elle qu'il faudrait tomber amoureux ! … » Voilà ce que pensait Aratov… mais lorsqu'il se retrouva à Moscou, les choses prirent une tout autre tournure.

XIV

Platonide Ivanovna se réjouit indiciblement
du retour de son neveu. Dieu sait ce qu'elle
avait envisagé en son absence ! « Il est au moins
en route pour la Sibérie ! » murmurait-elle, assise, immobile, dans sa petite chambre ; « il y
restera un an au bas mot ! » Et la cuisinière
ajoutait encore à ses frayeurs en lui communi-
quant les informations les plus sûres concer-
nant la disparition de tel ou tel jeune homme
du voisinage. La parfaite innocence et le par-
fait loyalisme de Iacha ne tranquillisaient nullement la vieille femme. « Car il en faut si
peu... Tenez : il fait de la photographie...
eh ! bien, cela suffit pour qu'on le coffre ! »
Et voilà que son Iacha était rentré sain et
sauf ! Certes, il avait un tant soit peu maigri et
pris une petite mine, elle l'avait remarqué,

mais cela se comprenait... il n'avait eu personne pour s'occuper de lui ! Elle n'osa pourtant pas l'interroger à propos de son voyage. À table elle lui demanda :

« C'est une belle ville, Kazan ? — Oui, répondit Aratov. — Il n'y a que des Tartares par là-bas, je pense ? — Mais non. — Tu n'as pas rapporté de robe de chambre ? — Non. »

Ce fut là toute leur conversation.

Mais dès qu'Aratov se retrouva seul dans son cabinet, il se sentit immédiatement comme happé de tous côtés, à nouveau *sous l'emprise*, oui, sous l'emprise d'une autre vie, d'un autre être. Bien qu'il eût dit à Anne, dans cet accès de frénésie subite qui l'avait pris alors, qu'il était amoureux de Clara, il était maintenant le premier à trouver ce mot absurde et saugrenu. Non, il n'était pas amoureux, et d'ailleurs comment aurait-il pu tomber amoureux d'une morte qui, de son vivant déjà, ne lui plaisait pas, qu'il avait presque oubliée ? Non, mais il était sous l'emprise... sous *son* emprise... il ne s'appartenait plus à lui-même. Il était *pris*. Pris, au point de ne même pas essayer de se libérer, que ce fût en se moquant de sa propre ineptie, ou en stimulant dans son for intérieur, au moins l'espoir, sinon l'assurance que tout cela passerait, que c'était une simple question de nerfs, ou en cherchant des preuves à l'appui de cette hypothèse, ou par tout autre moyen ! Les mots de Clara rapportés par Anne : « Si je le rencontre, je le prends », lui revinrent en mémoire… voilà qu'il était pris. « Mais enfin elle est morte, non ? Certes, son corps est mort… mais son âme ? n'est-elle pas immortelle ?… a-t-elle besoin d'organes terrestres pour manifester sa puissance ? Le magnétisme, par exemple, nous a montré l'influence d'une âme humaine vivante sur une autre âme humaine vivante… Pourquoi donc cette influence ne continuerait-elle pas même après la mort… du moment que l'âme reste vivante ? Mais dans quel but ? Que peut-il en résulter ? Au vrai, sommes-nous bien capables, d'une façon générale, de concevoir quel est le but de tout ce qui s'accomplit autour de nous ? » Ces pensées préoccupaient Aratov à tel point qu'il demanda tout à trac à Platocha, tandis qu'ils prenaient leur thé, si elle croyait en l'immortalité de l'âme. La vieille fille, d'abord interloquée par sa question, lui répondit ensuite en se signant : « Il ne manquerait plus que ça, que l'âme ne soit pas immortelle ! » « Mais s'il en est ainsi, peut-elle avoir une activité, après la mort ? » demanda encore Aratov. La vieille femme répondit que oui… « en ce sens qu'elle intercédait pour nous ; mais seulement après avoir traversé toutes les épreuves qui précèdent le jugement dernier. Et pendant les quarante premiers jours elle se contente d'errer autour de l'endroit où la mort l'a frappée. »

« Les quarante premiers jours ?

— Oui ; ensuite commencent les épreuves. »

Aratov, émerveillé par la science de sa tante, se retira dans ses appartements. Et de nouveau il eut la même sensation, de cette emprise qui s'exerçait sur lui. Elle se manifestait aussi en cela que l'image de Clara se dressait continuellement devant ses yeux dans les plus petits détails, des détails qu'il n'avait pas l'impression d'avoir remarqués de son vivant : il voyait… oui, il voyait ses doigts, ses ongles, la ligne des cheveux sur ses joues, au-dessous des tempes, un petit grain de beauté sous l'œil gauche ; il voyait le mouvement de ses lèvres, de ses narines, de ses sourcils… et la démarche qui était la sienne, et le port de sa tête légère-

ment inclinée du côté droit… il voyait tout !
Il ne s'étonnait aucunement de tout cela ;
simplement il ne pouvait pas s'empêcher d'y
penser et de le voir. Pourtant, la première nuit
qui suivit son retour, il ne rêva pas d'elle… il
était très las et dormit comme une souche. En
revanche, dès qu'il fut éveillé elle revint dans
sa chambre et s'y installa bel et bien en maîtresse des lieux ; comme si, par sa mort volon-
taire, elle s'était acquis ce droit sans le lui
demander et sans avoir à solliciter son auto-
risation. Il prit sa photographie, en fit des re-
productions, des agrandissements. Puis il eut
l'idée de la passer dans le stéréoscope. Il finit
par y arriver… non sans mal, et tressaillit littéralement quand il vit à travers le verre sa silhouette dotée d'un semblant de corporalité.
Mais elle restait grise, comme poussiéreuse, et
puis les yeux… les yeux regardaient toujours
de côté, semblaient toujours se détourner de
lui. Alors il les fixa longtemps, longtemps,
dans le vague espoir qu'ils se dirigeraient de
son côté… il faisait même exprès de plisser les
paupières… mais les yeux restaient immobiles
et tout le corps se figeait, prenait l'apparence
d'une poupée. Il s'éloigna de ses appareils, se

jeta dans un fauteuil, tira de sa poche la feuille arrachée à son journal avec ses mots soulignés — et songea : « C'est vrai, cela, on dit que les amoureux baisent les lignes tracées par la main aimée ; eh bien ! moi, cela ne me tente pas — et d'ailleurs l'écriture me semble laide. Mais dans cette ligne, je lis ma sentence. » Alors il lui revint à l'esprit qu'il avait promis à Anne d'écrire un article. Il s'assit à sa table et commença à le rédiger ; mais tout ce qui sortait de sa plume avait un air si faux, si ampoulé… si faux, surtout… à croire qu'il n'était convaincu ni de ce qu'il écrivait, ni de ses propres sentiments… et puis Clara elle-même lui parut étrangère, énigmatique ! Elle ne voulait pas se laisser faire. « Non ! pensa-t-il en jetant sa plume… ou bien je ne suis décidément pas un écrivain, ou bien cela veut dire qu'il faut attendre encore ! » Il reprit un à un les souvenirs de sa visite aux dames Milovidov et de tout le récit d'Anne, de cette bonne, de cette merveilleuse Anne… Un mot prononcé par elle, le mot « Intacte ! » le frappa subitement… Ce fut tout à la fois une brûlure et une illumination.

« Oui, dit-il à voix haute, elle est intacte et

je suis intact moi aussi... Voilà ce qui lui a donné ce pouvoir ! »

Des pensées sur l'immortalité de l'âme, sur la vie au-delà du tombeau revinrent l'assaillir. N'est-il pas dit dans la Bible : « Mort, où est ton aiguillon ? » Et dans Schiller : « Les morts aussi vivront ! » *(Auch die Todten sollen leben.)* Ou encore ces mots qui doivent être de Mickiewicz : « J'aimerai jusqu'à la fin des temps... et par-delà encore. » Il y a aussi un écrivain anglais qui a écrit : « L'amour est plus fort que la mort ! » Le verset biblique surtout impressionna Aratov. Il voulut retrouver l'endroit où étaient ces mots. N'ayant pas de bible, il alla en demander une à Platocha. Celle-ci, fort étonnée, lui dénicha quand même un très très vieil exemplaire à la reliure de cuir gondolée, avec des fermoirs de cuivre, tout couvert de taches de cire, et le tendit à Aratov. Il l'emporta dans sa chambre mais chercha longtemps sans succès le verset en question... en revanche, il tomba sur cet autre : « Il n'est pas de plus grand amour que de donner sa vie pour ceux qu'on aime... » (Jean, XV, 13).

Il pensa : « Ce n'est pas le mot. Il faudrait dire : "Il n'est pas de plus grand *pouvoir*..."

« Et si ce n'était pas du tout pour moi qu'elle avait donné sa vie ? Si elle n'avait mis fin à ses jours que parce que la vie lui était devenue un fardeau ? Si finalement c'était pour toute autre chose que pour une déclaration d'amour qu'elle était venue au rendez-vous ? »

Mais à cet instant il revit Clara telle qu'elle était au moment de leur séparation sur le boulevard… Il se rappela cette désolation sur son visage, et puis ces larmes, ces paroles : « Ah ! Vous n'avez rien compris ! »

Non ! il ne pouvait plus avoir de doute sur l'identité de la personne pour qui elle avait donné sa vie…

Ce fut ainsi que cette journée s'écoula, jusqu'à la nuit.

XV

Aratov se coucha tôt, non qu'il eût particulièrement sommeil, mais il espérait trouver
le repos dans son lit. La tension constante de
ses nerfs lui causait une sensation d'épuisement bien plus pénible que la fatigue physique du voyage et du chemin de fer. Pourtant,
si grand que fût son épuisement, il n'arrivait
pas à s'endormir. Il essaya de lire… mais les
lignes se brouillaient devant ses yeux. Il étei-
gnit la bougie, et les ténèbres envahirent la
chambre. Il était couché, les yeux fermés, mais
le sommeil ne venait toujours pas… Et soudain
il crut entendre quelqu'un lui parler à l'oreille.
« C'est le battement de mon cœur, le bruit du
sang… » pensa-t-il. Mais le murmure devint
un discours suivi. Quelqu'un disait en russe
des phrases hâtives, plaintives et indistinctes.

Il était impossible d'en isoler le moindre mot... Mais c'était la voix de Clara !

Aratov ouvrit les yeux, se souleva à demi, s'appuya sur son coude... — La voix s'affaiblit mais continua son discours plaintif, pressé, toujours aussi indistinct...

Sans aucun doute, c'était la voix de Clara !

Des doigts coururent sur les touches du piano, égrenant des arpèges légers... Puis la voix se fit de nouveau entendre. Elle émettait maintenant des sons plus prolongés... des sortes de gémissements... toujours les mêmes. Et alors des mots distincts commencèrent à se dégager...

« Des roses... des roses... des roses...

— Des roses, répéta Aratov à voix basse. — Ah ! mais oui, il s'agit des roses que j'ai vues sur la tête de cette femme, dans mon rêve...

— Des roses, entendit-il encore.

— Est-ce toi ? » demanda-t-il, toujours à voix basse.

La voix se tut subitement.

Aratov attendit... attendit... et finalement laissa retomber sa tête sur son oreiller. « Hallucination auditive, pensa-t-il. Mais enfin, et si... si vraiment elle était ici, tout près ?... Si je l'avais vue, est-ce que j'aurais peur ? Ou serais-je heureux ? Au fait, de quoi aurais-je peur ? De quoi serais-je heureux ? De cela peut-être : ce serait la preuve qu'il y a bien un autre monde, que l'âme est immortelle. Oh ! d'ailleurs, même si j'avais vu quelque chose, cela pourrait fort bien être aussi une hallucination visuelle… »

Cependant il alluma sa bougie ; d'un coup d'œil rapide, et non sans quelque appréhension, il fit le tour de sa chambre… et n'y vit rien d'inhabituel. Il se leva, s'approcha du stéréoscope… encore cette poupée grise au regard tourné de côté. Chez Aratov, la peur fit place au dépit. Il se sentait en quelque sorte frustré dans son attente… une attente qui lui parut elle-même ridicule. « Car enfin c'est idiot ! » marmonna-t-il en se remettant au lit et en soufflant sa bougie. De nouveau une obscurité profonde envahit la chambre.

Aratov décida de s'endormir, ce coup-ci… Mais une sensation nouvelle vint le troubler. Il lui sembla que quelqu'un se tenait debout au milieu de la pièce, non loin de lui… et respirait presque imperceptiblement. Il se retourna très vite, ouvrit les yeux… Mais que

pouvait-on voir dans cette obscurité impé-
nétrable ? Il chercha à tâtons une allumette
sur sa table de nuit… et soudain crut sentir
comme un tourbillon soyeux, silencieux, ba-
layant la pièce, un tourbillon qui passa par-dessus lui, à travers lui, et les mots « C'est moi ! »
résonnèrent distinctement à ses oreilles…

« C'est moi !… Moi !… »

Quelques instants passèrent avant qu'il ne
réussît à allumer la bougie.

La chambre, de nouveau, était vide, et il
n'entendait plus rien, maintenant, que les bat-
tements précipités de son propre cœur. Il but
un verre d'eau et resta immobile, la tête ap-
puyée sur sa main. Il attendait.

Il pensa : « J'attendrai. Ou bien ce ne sont
que des sottises… ou bien elle est ici. Elle ne
va tout de même pas jouer avec moi comme
le chat avec la souris ! » Il attendit, attendit
longtemps… si longtemps que des crampes lui
vinrent à la main dont il soutenait sa tête…
mais aucune des sensations antérieures ne se
reproduisit. Une ou deux fois ses yeux se fer-
mèrent d'eux-mêmes… Il les rouvrit aussitôt…
à ce qu'il crut, du moins. Peu à peu ses yeux
se dirigèrent vers la porte et se fixèrent sur

elle. La bougie avait fini de se consumer, et la chambre était retombée dans l'obscurité… mais la porte faisait une longue tache blanche dans la pénombre. Et soudain cette tache bougea, se rétrécit, disparut… et à sa place, sur le seuil de la porte, apparut une silhouette de femme. Aratov la dévore des yeux… Clara ! Et cette fois, elle le regarde bien en face, s'avance vers lui… Elle porte sur la tête une couronne de roses rouges… Ébranlé jusqu'au fond de l'être, il se dresse sur son lit…

C'est sa tante qui se tient devant lui, avec son bonnet de nuit garni d'un large ruban rouge, et en peignoir blanc.

« Platocha ! articula-t-il péniblement. C'est vous ?

— C'est moi, répondit Platonide Ivanovna. C'est moi, mon petit chéri, c'est moi.

— Pourquoi êtes-vous venue ?

— Mais c'est toi qui m'as réveillée. D'abord par des espèces de gémissements… et puis tu as crié tout à coup : "Au secours ! À l'aide !"

— J'ai crié, moi ?

— Oui, tu as crié, d'une voix enrouée, comme ça : "Au secours !" J'ai pensé : "Seigneur ! Serait-il malade, des fois ?" C'est pourquoi je suis entrée. Tu te sens bien ?

— Parfaitement bien.

— Allons ! Ça veut dire que tu as fait un mauvais rêve. Veux-tu que je brûle de l'encens ? »

Aratov examina encore une fois sa tante d'un regard soutenu — et éclata d'un grand rire… La silhouette de la bonne vieille en bonnet de nuit et en peignoir avec son visage effaré, tendu, était effectivement fort amusante. Tout ce mystère qui l'avait environné, qui l'avait étouffé jusque-là, tous ces sortilèges se dissipèrent d'un coup.

« Non, Platocha, ma tante chérie, ce n'est pas la peine, lui dit-il. Excusez-moi, je vous en prie, de vous avoir alarmée sans le vouloir. Dormez bien, moi aussi je vais dormir. »

Platonide Ivanovna s'attarda encore un moment, ronchonna en montrant la bougie : « Pourquoi n'éteins-tu pas ?… Un malheur est vite arrivé ! » En se retirant, elle ne put s'empêcher de lui administrer — de loin, bien sûr, mais quand même ! — un grand signe de croix.

Aratov s'endormit immédiatement et dormit jusqu'au matin. À son lever, il était encore d'excellente humeur… malgré une impression

de vague regret… Il se sentait léger et libre.
« En voilà des fantaisies romantiques, mes
amis ! » se disait-il à lui-même en souriant. Il
n'eut pas un regard pour le stéréoscope, ni
non plus pour la feuille arrachée au journal.
Cependant, dès qu'il eut fini de déjeuner, il
se rendit chez Kupfer.

Quelle force l'attirait là-bas ?… Il le devinait confusément.

XVI

Ce chaud lapin de Kupfer était chez lui.
Aratov bavarda un moment avec lui de tout et
de rien, lui reprocha de les délaisser complètement, sa tante et lui, l'écouta faire un nouvel
éloge de la princesse, cette femme en or, dont
Kupfer venait de recevoir, envoyée de Iaroslavl, une calotte d'intérieur brodée d'écailles
de poisson... et soudain, prenant place en
face de lui et le regardant droit dans les yeux,
il lui annonça qu'il était allé à Kazan.

« À Kazan ? Pour quoi faire ?

— Eh bien ! je voulais recueillir des informations sur cette... sur Clara Militch.

— La fille qui s'est empoisonnée ?

— Oui. »

Kupfer secoua la tête.

« Voyez-moi ça ! Et sournois, par-dessus le

marché ! Il s'appuie mille verstes aller et retour… et pourquoi ? Hein ? Si encore il y avait une histoire de femme là-dessous ! Pour moi, ça justifie tout ! tout ! toutes les folies ! — Kupfer ébouriffa ses cheveux. — Mais à seule fin de recueillir des matériaux, comme vous dites vous autres savants… Merci bien ! Le comité des statistiques est fait pour ça, non ? Et alors, tu as fait la connaissance de la vieille et de la sœur ? N'est-ce pas que c'est une fille merveilleuse ?

— Merveilleuse, confirma Aratov. Elle m'a appris bien des choses étonnantes.

— T'a-t-elle dit comment Clara s'était empoisonnée, exactement ?

— Heu… que veux-tu dire ?

— Enfin de quelle manière ?

— Non… Elle était encore tellement accablée… Je n'ai pas trop osé l'interroger. Il y a donc eu quelque chose de particulier ?

— Je te crois. Imagine un peu : elle devait jouer, ce jour-là, — et c'est ce qu'elle a fait. Elle a emporté la fiole de poison au théâtre, l'a absorbée avant le premier acte et a joué bel et bien tout cet acte, jusqu'à la fin. Avec le poison en elle ! Quelle force de volonté, hein ? Quel caractère ? Et, paraît-il, elle n'avait jamais interprété ce rôle avec autant de sentiment, autant de flamme ! Le public, qui ne soupçonne rien, l'applaudit, la rappelle… Mais dès que le rideau est tombé, elle s'est effondrée sur place, en pleine scène. Elle s'est tordue dans des douleurs épouvantables… et au bout d'une heure elle a rendu l'âme ! Mais je ne t'avais donc pas raconté ça ? C'était même dans les journaux ! »

Aratov sentit brusquement ses mains se glacer, et un tremblement intérieur le secoua.

« Non, tu ne me l'avais pas raconté, dit-il enfin. Et tu ne sais pas quelle pièce c'était ? »

Kupfer réfléchit.

« On m'a dit le titre de cette pièce… c'est une pièce où il y a une jeune fille trompée… Un drame quelconque, sans doute. Clara était faite pour les rôles dramatiques… Son physique même… Mais où vas-tu donc ? » Kupfer s'interrompit de lui-même en voyant qu'Aratov prenait son bonnet pour partir.

« Je ne me sens pas très bien, répondit Aratov. Adieu… Je repasserai une autre fois. »

Kupfer posa la main sur son bras et le dévisagea.

« Quel nerveux tu fais, mon vieux ! Non, mais regarde-toi... Tu es blanc comme de la craie.

— Je ne me sens pas bien », répéta Aratov et, se dégageant de la main de Kupfer, il s'en retourna chez lui. Ce fut alors seulement qu'il comprit clairement que s'il était venu voir Kupfer, c'était dans le seul but de parler de Clara...

« De l'infortunée Clara, de Clara la folle... »

Cependant, une fois chez lui, il retrouva rapidement son calme — du moins jusqu'à un certain point.

Les circonstances qui avaient entouré la mort de Clara lui avaient causé tout d'abord une véritable commotion ; mais ensuite, le fait qu'elle eût joué « avec le poison en elle », comme l'avait dit Kupfer, lui parut être un défi au naturel, une bravade, et il essaya dès lors de ne plus y penser, craignant de réveiller en lui un sentiment qui ressemblât à du dégoût. Puis, à table, assis en face de Platocha, il se rappela soudain son apparition à minuit, ce peignoir trop court, ce bonnet avec son grand nœud de ruban (pourquoi un ruban sur un bonnet de nuit, je vous le demande ? !), toute cette silhouette comique dont l'apparition avait réduit d'un seul coup en poussière toutes ses visions, comme le sifflet du machiniste dans un ballet fantasmagorique ! Il se fit même re-raconter par Platocha comment elle avait entendu son cri, comment elle avait pris peur, s'était levée d'un bond, avait tâtonné quelque temps avant de trouver sa propre porte puis celle de son neveu, etc. Le soir il joua un moment aux cartes avec elle et se retira dans sa chambre un peu triste, mais, répétons-le, assez calme.

Aratov ne pensait pas à la nuit qui l'attendait et n'en avait pas peur : il était convaincu qu'il la passerait le mieux du monde. Le souvenir de Clara lui revenait de temps à autre, mais il se rappelait alors la manière « emphatique » dont elle s'était donné la mort et se détournait d'elle mentalement. Cette « faute de goût » éclipsait les autres souvenirs qu'il avait d'elle. Il jeta un coup d'œil dans son stéréoscope et eut l'impression que c'était parce qu'elle avait *honte* qu'elle regardait de côté. Juste au-dessous du stéréoscope était accroché au mur un portrait de sa mère. Aratov le décrocha de son clou, le contempla longuement, le baisa et l'enfouit soigneusement dans un ti- roir. Pourquoi fit-il cela ? Était-ce parce que ce portrait n'avait pas à se trouver dans le voi- sinage de l'autre femme… ou pour une autre raison ? Aratov n'aurait su le dire. Mais le por- trait de sa mère réveilla en lui le souvenir de son père… de son père qu'il avait vu mourant dans cette même chambre, sur ce lit. « Que penses-tu de tout cela, père ? lui demanda-t-il mentalement. Tu comprenais ces choses ; toi aussi tu croyais en ce "monde des esprits" dont parle Schiller. Conseille-moi ! »

« Mon père me conseillerait de laisser là ces sottises », dit Aratov à haute voix, et il prit un livre. Mais il resta un bon moment sans pou- voir lire et, éprouvant une sorte de lourdeur dans tout le corps, se mit au lit plus tôt que d'habitude, entièrement persuadé qu'il ne tarderait pas à s'endormir.

Il en fut bien ainsi… mais son espoir de pas- ser une nuit tranquille se révéla parfaitement vain.

XVII

Minuit n'avait pas sonné qu'il faisait déjà un rêve insolite, menaçant.

Il lui semblait qu'il se trouvait dans une riche propriété de campagne dont il était le maître. Il avait acquis cette maison récemment, ainsi que toutes les terres qui en dépendaient. Et il était obsédé par cette idée : « Tout va bien, en ce moment tout va bien, mais il va m'arriver malheur ! » Un petit homme tourbillonnant, son intendant, ne le lâchait pas d'une semelle ; il riait perpétuellement, faisait des courbettes et voulait montrer à Aratov comme tout était parfaitement organisé dans le domaine. « Regardez, monsieur, regardez, je vous prie », ne cessait-il de répéter en ricanant à chaque mot, « regardez comme tout est prospère chez vous ! Voyez ces chevaux…

quels merveilleux chevaux ! » Et Aratov voit une rangée de chevaux gigantesques. Ils sont debout dans leurs stalles, le dos tourné ; leurs crinières et leurs queues sont extraordinaires... mais dès qu'il passe à côté d'eux, leurs têtes se tournent vers lui et lui montrent les dents d'un air mauvais. « Tout va bien... mais il va m'arriver malheur », pense Aratov. « Venez donc, monsieur, venez donc au jardin, je vous prie, reprend l'intendant, voyez quelles merveilleuses pommes vous avez là. » Les pommes sont en effet splendides, rouges, rondes, mais dès qu'Aratov lève les yeux sur elles, elles se flétrissent et tombent... « Il va m'arriver malheur », pense-t-il. « Et puis voici le lac... jacasse l'intendant, voyez comme il est bleu et lisse ! Voyez aussi cette barque d'or... Désirez-vous y faire une promenade ?... Elle vous conduira d'elle-même. » « Non, je n'y monterai pas, pense Aratov, il va m'arriver malheur ! » — et pourtant il y monte. Dans le fond de la barque gît une petite créature toute recroquevillée, semblable à un singe ; elle tient dans sa main une fiole remplie d'un liquide noirâtre. « Ne vous inquiétez pas, monsieur, crie l'intendant depuis la rive... Ce n'est rien ! C'est la mort ! Bon voyage ! » La barque file à toute allure… mais soudain un tourbillon fond sur elle : rien de pareil au tourbillon de la nuit dernière qui était silencieux, soyeux, non ; un tourbillon noir, terrifiant, hurlant ! Tout se confond autour de lui — et dans ce tournoiement de ténèbres, Aratov voit Clara en costume de théâtre portant la fiole à ses lèvres, tandis que des bravos retentissent dans le lointain et qu'une voix inconnue, vulgaire, crie dans l'oreille d'Aratov : « Ah ! tu croyais que tout finirait en comédie ? Non, c'est une tragédie ! une tragédie ! »

Palpitant d'horreur, Aratov s'éveille. Il ne fait pas noir dans la chambre… Une faible lumière d'origine inconnue projette sur tous les objets un éclairage fixe et morne. Aratov ne se demande pas d'où vient cette lumière… Il ne sent qu'une chose : Clara est ici, dans cette pièce… il perçoit sa présence… encore et pour toujours il est en son pouvoir !

Un cri s'échappe de ses lèvres :

« Clara, tu es ici ?

— Oui ! » répond une voix bien distincte au milieu de la pièce éclairée de cette lumière fixe.

Aratov répète sa question d'une voix sans timbre…

« Oui ! entend-il encore.

— Alors je veux te voir ! » s'écrie-t-il en sautant à bas du lit.

Il reste quelques instants immobile à la même place, il sent le contact du sol froid sous ses pieds nus. Ses yeux errent dans la pièce. « Où est-elle ? mais où ? » murmurent ses lèvres…

Rien, il ne voit rien, n'entend rien…

S'étant retourné, il constata que la faible lumière qui remplissait la chambre provenait d'une veilleuse masquée par une feuille de papier et placée dans un coin, probablement par Platocha, pendant son sommeil. Il sentit même une odeur d'encens… brûlé aussi, sans doute, par ses soins.

Il s'habilla rapidement. Rester au lit, dormir, était impensable. Puis il alla se mettre au milieu de la chambre et croisa les bras. La sensation de la présence de Clara était plus forte en lui que jamais.

Et soudain il se mit à parler d'une voix contenue, mais avec une lenteur solennelle, comme on prononce des incantations.

« Clara, commença-t-il, si tu es réellement ici, si tu me vois, si tu m'entends, montre-toi !... Si cette puissance que je sens suspendue au-dessus de moi est bien *ta* puissance, montre-toi ! Si tu comprends combien amèrement je me repens de n'avoir pas compris, de t'avoir repoussée, montre-toi ! Si ce que j'ai entendu est bien ta voix ; si le sentiment qui s'est emparé de moi est bien l'amour ; si tu es maintenant certaine que je t'aime, moi qui, jusqu'à ce jour, n'ai aimé et n'ai connu aucune femme ; si tu sais qu'après ta mort je t'ai aimée passionnément, irrésistiblement, si tu ne veux pas que je devienne fou, montre-toi, Clara ! »

Avant même d'avoir fini de prononcer ce dernier mot, Aratov sentit tout à coup quelqu'un s'approcher de lui par-derrière d'un pas rapide — comme l'autre fois sur le boulevard — et lui poser la main sur l'épaule. Il se retourna — et ne vit personne. Mais cette sensation de *sa* présence était devenue si évidente, si incontestable, qu'il jeta de nouveau un bref regard derrière lui...

Et que voit-il ? ! Dans son fauteuil, à deux pas de lui, est assise une femme toute vêtue de noir. Sa tête est penchée de côté, comme

133

dans le stéréoscope… C'est elle ! C'est Clara ! Mais quel visage austère, mélancolique !

Aratov se laissa doucement glisser à genoux. Non ; il ne s'était pas trompé, l'autre jour : il n'éprouvait ni frayeur ni joie, ni étonnement non plus… Son cœur même avait pris un rythme plus calme. Il n'y avait plus en lui qu'une certitude, qu'un sentiment : « Ah ! enfin ! enfin ! »

« Clara, dit-il d'une voix faible mais unie, pourquoi ne me regardes-tu pas ? Je sais que c'est bien toi… mais vois-tu, je pourrais penser que mon imagination a créé une image semblable à *celle-là*… (Il désigna du doigt le stéréoscope). Prouve-moi que c'est toi… tourne la tête vers moi, regarde-moi, Clara ! »

La main de Clara se leva lentement… et retomba.

« Clara, Clara ! tourne la tête vers moi ! »

Et la tête de Clara se retourna doucement, les paupières baissées s'ouvrirent et les noires pupilles de ses yeux vinrent se fixer sur Aratov.

Il fléchit un peu vers l'arrière et seul un « Ah ! » prolongé, frémissant, sortit de ses lèvres.

Clara le regardait fixement… mais ses yeux, ses traits conservaient l'expression de sévérité pensive, presque de mécontentement, qu'ils avaient eu naguère. C'est exactement cette figure-là qu'elle avait lorsqu'elle était apparue sur l'estrade le jour de la matinée littéraire, avant d'avoir vu Aratov. Et tout comme cette fois-là, elle rougit brusquement, son visage s'anima, son regard s'éclaira, et un sourire heureux, triomphant, entrouvrit ses lèvres…

« Je suis pardonné ! s'écria Aratov. Tu as vaincu… Alors prends-moi ! Car je suis tien, et tu es mienne ! »

Il s'élança vers elle, brûlant de baiser ces lèvres souriantes, ces lèvres triomphantes — et les baisa ; il sentit leur contact enflammé, sentit même la fraîcheur humide de ses dents, et un cri de triomphe retentit dans la pénombre de la chambre.

Platonide Ivanovna accourue le trouva évanoui. Il était agenouillé, la tête posée sur le fauteuil, les bras tendus, les mains pendantes et sans force ; son pâle visage était comme enivré d'un bonheur infini.

Platonide Ivanovna tomba littéralement à ses côtés, l'étreignit à bras-le-corps, balbutia :

« Iacha ! Mon petit Iacha ! Mon Iacha chéri ! ! »

Elle s'efforça de le relever de ses bras osseux… il ne bougeait pas. Alors Platonide Ivanovna se mit à crier d'une voix méconnaissable. La servante accourut. À deux elles parvinrent tant bien que mal à le relever, à l'asseoir, elles commencèrent à l'asperger d'eau, de l'eau bénite prise à l'icône…

Il revint à lui. Mais il se contenta de sourire en réponse aux questions pressantes de sa tante, et avec une telle béatitude qu'elle en était encore plus alarmée, multipliait les signes de croix sur lui et sur elle-même… Finalement Aratov écarta sa main et lui demanda, toujours avec la même expression de béatitude :

« Mais qu'avez-vous, Platocha ?

— C'est à toi qu'il faut le demander, mon petit Iacha !

— Moi ? Je suis heureux… heureux, Platocha… Voilà ce que j'ai. Et maintenant j'ai envie de me coucher et de dormir. »

Il voulut se mettre debout mais ressentit dans les jambes et par tout le corps une telle faiblesse que sans l'aide de sa tante et de la servante il n'aurait pas été en état de se déshabiller et de se coucher. En revanche il s'endormit très vite, avec toujours sur son visage cette expression de béatitude exaltée. Mais son visage était très pâle.

XVIII

Quand Platonide Ivanovna entra dans sa chambre le lendemain matin, il était toujours dans le même état… mais la faiblesse persistait, et il préféra même garder le lit. Sa mine pâle déplut particulièrement à Platonide Ivanovna. « Seigneur Dieu, qu'est-ce que c'est que ça ! pensait-elle. Il n'a plus une goutte de sang au visage, il refuse son bouillon, il reste couché là avec un petit sourire en coin et affirme qu'il se porte comme un charme ! » Aratov refusa aussi son déjeuner. « Mais qu'est-ce qui te prend, Iacha ? lui demanda-t-elle, aurais-tu l'intention de rester couché comme ça tout le jour ? — Et quand cela serait ? » lui répondit gentiment Aratov. Cette gentillesse même déplut fort à Platonide Ivanovna. Aratov avait l'air d'un homme qui vient d'apprendre un grand secret très agréable pour lui et qui le garde jalousement enfoui dans son cœur. Il attendait la nuit — avec moins d'impatience que de curiosité. « Quelle sera la suite des événements ? se demandait-il, que va-t-il se passer ? » Il avait cessé de s'étonner, de se débattre dans l'incertitude ; il ne doutait plus d'être entré en communication avec Clara, de l'aimer d'un amour réciproque... Non, il ne doutait plus de cet amour. Mais... que pouvait-il advenir d'un pareil amour ? Il se rappelait le baiser de l'autre nuit... et un froid étrange parcourut tout son corps d'un flux rapide et délicieux.

« Ce baiser, pensait-il, Roméo et Juliette eux-mêmes n'en ont pas échangé de pareil ! Mais la prochaine fois je résisterai mieux... Je la posséderai... Elle viendra, couronnée de petites roses sur ses boucles noires...

« Mais qu'adviendrait-il ensuite ? Car enfin nous ne pouvons tout de même pas vivre ensemble ? Je devrai peut-être mourir pour pouvoir être avec elle ? Et si c'était pour cela qu'elle était venue chaque fois ? Et si c'était *ainsi* qu'elle voulait me prendre ?

« Soit... Et puis après ? Je veux bien mourir

s'il le faut. La mort ne me fait plus peur du tout désormais. Elle ne peut pas me détruire, n'est-il pas vrai ? Au contraire, c'est seulement *ainsi* et *là-bas* que je serai heureux… comme je ne l'ai jamais été de mon vivant, comme elle ne l'a jamais été non plus… Puisque nous sommes tous les deux intacts ! Oh ! Ce baiser ! »

*

Platonide Ivanovna entrait dans la chambre d'Aratov pour un oui ou pour un non ; mais elle ne l'importunait pas de questions, se contentait de le dévisager, puis chuchotait, soupirait… et s'en allait. Mais ne voilà-t-il pas qu'il refusa aussi de dîner… La situation devenait critique. La vieille femme envoya chercher le médecin du quartier, son médecin à elle qu'elle connaissait bien et en qui elle avait confiance uniquement parce qu'il ne buvait pas et avait épousé une Allemande. Aratov fut surpris lorsqu'elle le lui amena ; mais Platonide Ivanovna supplia si instamment son cher petit Iachka de laisser Paramon Paramonytch (tel était le nom du médecin) l'examiner ne fût-ce pour lui faire plaisir ! Aratov accepta.

Paramon Paramonytch lui tâta le pouls, lui regarda la langue, lui posa une ou deux questions et décréta enfin qu'il était absolument indispensable de « procéder à une auscultation ». Aratov était d'humeur si complaisante qu'il accepta aussi l'auscultation. Le médecin lui dénuda délicatement la poitrine, la tapota délicatement, écouta, grogna — prescrivit des gouttes et une potion, et surtout recommanda de rester bien calme et de s'abstenir d'émotions fortes. « Tiens donc, pensa Aratov... Eh bien ! mon vieux, tu arrives un peu tard ! »

« Qu'a-t-il, mon Iacha ? » demanda Platonide Ivanovna au médecin sur le pas de la porte en déposant dans sa main un assignat de trois roubles. Le médecin du quartier qui, comme tous les médecins de nos jours et particulièrement ceux d'entre eux qui portent l'uniforme, aimait à éblouir son monde avec des termes scientifiques, lui déclara que son neveu présentait tous les « symptômes dioptriques d'une cardialgie nerveuse accompagnée de pyréxie ».

« Tu ne voudrais pas parler plus simplement, mon bon ami ? l'interrompit Platonide Ivanovna ; n'essaye pas de me faire peur avec ton latin ; tu n'es pas à la pharmacie !

— Le cœur ne va pas bien et de plus il a un peu de fièvre », expliqua le médecin qui recommanda à nouveau le repos et l'absence d'émotions. « Mais il n'est pas en danger, au moins ? » demanda Platonide Ivanovna d'un ton sévère destiné à prévenir toute nouvelle incursion dans la langue latine. « Je ne vois rien pour le moment ! »

Le médecin parti, Platonide Ivanovna eut un moment de découragement… mais n'oublia pas d'envoyer chercher à la pharmacie le médicament qu'Aratov refusa de prendre malgré ses prières. Il refusa également une infusion. « Mais pourquoi êtes-vous inquiète, ma bonne tante ? lui dit-il. Je vous assure que je suis en ce moment l'homme le mieux portant et le plus heureux du monde entier ! » Platonide Ivanovna s'abstint de répondre et secoua la tête. Le soir, il eut une légère montée de fièvre ; et cependant il insista pour qu'elle ne restât pas dans sa chambre et allât dormir dans la sienne. Platonide Ivanovna obtempéra mais ne se déshabilla pas et ne se mit pas au lit ; elle s'assit dans un fauteuil et resta toute la nuit aux aguets en murmurant sa prière.

Elle était sur le point de s'assoupir quand

soudain un cri perçant, terrifiant, la réveilla. Elle bondit, se précipita dans le cabinet d'Aratov et le trouva couché par terre comme la nuit précédente.

Mais il ne revint pas à lui comme la veille malgré tous les efforts tentés pour le ranimer. La même nuit une fièvre cérébrale se déclara, compliquée d'une inflammation du cœur.

Il mourut quelques jours plus tard.

Une circonstance étrange entoura son deuxième évanouissement. Quand on l'eut relevé et mis au lit, on trouva dans sa main droite crispée une courte mèche de cheveux noirs, des cheveux de femme. D'où provenaient ces cheveux ? Anne Sémionovna possédait une mèche semblable qui lui restait de Clara ; mais pour quelle raison aurait-elle fait cadeau à Aratov d'une relique si précieuse pour elle ? L'avait-elle glissée par mégarde dans le journal intime et ne s'en serait-elle pas aperçue au moment de le prêter à Aratov ?

Dans le délire qui précéda sa mort, Aratov prétendait être Roméo… après la prise du poison ; il parlait d'un mariage contracté, consommé ; disait qu'il savait maintenant ce qu'était la jouissance. Pour Platocha, l'instant

142

le plus horrible fut celui où Aratov, ayant retrouvé un éclair de conscience et la voyant auprès de son lit lui dit :

« Ma tante, pourquoi pleures-tu ? Parce que je dois mourir ? Mais voyons, ne sais-tu pas que l'amour est plus fort que la mort ?... Mort ! Mort, où est ton aiguillon ? Vous ne devez pas pleurer mais vous réjouir, tout comme je me réjouis... »

Et de nouveau le visage du mourant s'illumina de ce sourire de béatitude qui inspirait une si grande frayeur à la pauvre vieille.

Composition Nord Compo
Impression Novoprint
à Barcelone, le 20 avril 2004
Dépôt légal : avril 2004

ISBN 2-07-031459-6/Imprimé en Espagne.

128657